王豐園著

中國新文學運動述評

新新學社出版

中國新文學運動述評

前言

西學東漸後，頗影響於我國封建社會之文學。「五四」以後，泰東西文學上之各種— ism，則更漸寖漸熾，狂奔而來，或起小泡，或成溪流，或如疾風暴雨，旋即消去；或如長江大河，其勢浩蕩。吾人回顧十數年來之中國文壇，深驚其演變之速，然此種演變，自有其社會背景在，誠非三二人之力所能爲者也。

時至今日，實有整理新文學運動之必要。顧茲事體大，又非一手一足之烈所能爲力；況學殖譾陋如學生者，更何敢冒昧嘗試。雖然，天下事恒有因嘗試而成功者，區區此書，雖未必有價値，但果能因拋磚而引玉，則其所獲不已多耶？余年來讀新文學書，積有系統之史實與論斷，不下二十萬言，今僅以其一部分，貿然刊布，而字之曰中國新文學運動述評；分章分節，秩然不紊，雖僅一班，全豹具焉。昔孟子教人：『取人爲善，與人爲善』，吾之此書，未敢有以與人也，將以取諸人而已。惟望文壇君子，有以賜教，曷勝欣幸！

此書經友人楊生瀛君詳細校對，魯魚亥豕之處，似可倖免，然仍恐百密一疏，致有錯誤，讀者諸君，其原宥焉！

二十四年八月十一日豐園識於故都。

新文學運動述評目錄

第三節　女神時代的郭沫若
第四節　浪漫派作家郁達夫
第五節　戀愛小說作家張資平
第五章　革命文學運動
第一節　革命文學的興起及其演進
第二節　對於革命文學的非難者
第六章　左翼作家聯盟以後的中國文壇
第一節　左翼作家聯盟及其主張
第二節　『大衆文藝』問題的討論
第三節　『第三種人』問題的論辯
第四節　『大衆語』問題的論戰

中國新文學運動述評

第一章　戊戌政變以後文學的新趨勢

第一節　維新運動與文體解放

自帝國主義者的毒手伸入中國以後，中國便慢慢地跨上資本主義的機輪，於是固定了二千多年的封建社會，便不能不天翻地覆了。迨至晚清，康梁等受了帝國主義的刺激，朝廷的腐敗，創强學會，以圖變法自强。當時因為兩種新舊勢力在政治上，形成衝突之局，遂釀成『戊戌政變』。

領導維新運動的康有為，算是封建時代比較進步的新人物。他是光緒乙未進士，西學東漸後，頗受影響，梁啟超康有為傳說：『……其時西學，初入中國，學者莫或過問，先生僻處鄉邑，亦未獲從事也。及道經香港上海，見西人殖民政治之完整，屬地如此，本國之進步更可知，因思所以致此者，必有道德學問，以為之本源，乃悉購江南製造局及西教會所譯各書盡讀之。彼時所譯者，皆初級普通學及工藝兵法醫學之書，否則耶穌聖經論疏耳。於政治哲學，毫無所及。而先生……則有會悟，能舉一反三，因小以知大，自是於其學力中別開一境界。』康氏思想內容，可於其三部大作中窺出：第一部著作，叫做新學僞經考，其主旨在於立證古文諸經傳爲劉歆所僞造，立論固不免武斷之弊，但樸學的立足點，確因之根本動搖，而其懷疑精神，則更影響於錢玄同，顧頡剛，崔適等當代學者，康氏第二部著作，叫作孔子改制考，此書在於闡明眞經的全部分爲孔子『託古改制』之作。他認爲孔子爲了創教，所以把自己的理想，託於古人；堯，舜諸人，就是孔子所託的人物；因此儒家『言必稱堯，舜。』有爲作這本書的用意，在於想借孔子的威信，去鎭服那些維新變法的反對者．他把神聖不可侵犯的經典，視爲孔子『託古改制』之作，其治學的勇氣，很够我們後學者佩服了。康氏第三部著作，叫做大同書。他以春秋『三世』之義說禮運，謂春秋所謂『太平世』，卽禮運上的『大同』，他認此爲孔子的理想社會。遂引申禮運之說，而作大同書。總之，康氏思想，完全是帝國主義者炮火轟擊下的返映，他並不是爲學問而治學問的人，而是想藉着學說做維新運動的手段，希圖把國家從帝國主義者的羈絆中，解放出來，同時更希圖把國家的政體由專制改爲立憲共和。

康有爲可以說是思想解放的先趨者．他率領十八省三千舉人公車上書，開空前的羣衆運動方式，代表了愛國思想和爭自由爭人權的民族主義的革命意識。他進呈德宗的法國革命記敍。波蘭分滅記敘，都表現了民族思想的進展。我們現在看他記述戰敗這件事的詩，是何等的慷慨悲憤啊！』海東龍泣艦沉波，上相輜軒出議和，遼台臚臚割山河，抗章伏闕公車多，連名三千數相摩，聯軫五里塞巷過，台人號泣秦檜歌，九誠謠諜徧綱羅，扛棺摩拳，擊鼓三撾。檜避不朝，辭位畏訶，美使田貝驚士氣則那！索稿傳鈔，天下競爭磨。嗚呼！秦檜不成奈若何？——東事戰敗聯十八省擧人上書。

康氏這首詩，反對當時政府割棄遼台和議，同時很可以代表當時士大夫階級的義憤。我們從他領導起來的三千擧人公車上書運動，還可以看出當時一般專代聖賢立言的八股文人已經感覺到時代很嚴重，要表示自己的意思，要說自己的話，而且開始要用羣衆運動的方式來表現了，從此，文人開始由八股文的圈套裡爬出來，文學由死氣沉沉的局面下復活過來，文學和政治慢慢地關聯起來。總括言之，思想的解放，疑古思潮的盛行，文學革命的動機，康有爲的力量，不爲不大。

× × ×

維新運動中的健將梁啓超先生，爲康南海高足弟子。其於思想界，供獻甚大。他在幼年時代，曾學桐城古文，又喜漢魏文，戊戌變政以後，亡命日本，主編新民叢報，代表立憲派的主張，與民主派的民報發生論戰。那時，梁氏爲文既不似桐城派，又不似漢魏，而爲一種『條理明晰，筆端常帶感情』的『新體文』，(見清代學術概論)風行最廣，力量最大，這種文章的好處，不外乎以下諸點：

(一)有感情，富於刺激性。

梁氏在他的清代學術概論上說：『……老輩則痛恨，詆爲野狐，然其文條理明晰，筆鋒常帶有感情，對於讀者，別有一種魔力焉。』

(二)引用廣泛，運用各種文體。

梁氏爲文『務爲平易暢達，時雜以俚語韻語及外國語法，縱筆所至不檢束，學者競效之，號新文體：……』。(清代學術概論)胡適先生說：『梁啓超最能運用各種字句語調，來做應用的文章，他不避排偶，不避長比，不避佛書的名詞，不避詩詞的典故，不避日本輸入的名詞，因此，他的文章最不合「古文義法」，但他的應用的魔力却最大。』(胡適文存二集二本一三一頁)他不但創造一種新文體及輸入日本文的句法，他更能把戲曲小說與論記文平等相待，能够領會文學的眞精神。所以錢玄同先生說：『梁啓超先生實爲近來創造新文體之一人。……鄙意論現代文學之革新，必數及梁先生。』(胡適文存三七頁)。

(三)辭句淺顯　既容易懂得，又容易模倣。

梁氏文章的優點，已如上述，現在我們倒過來看他文章的缺點，為清晰起見，仍分條臚述於後：

(一)詞句堆砌

胡適先生在他的五十年來中國之文學裏面說：『譚梁一派的文章，應用的程度要算最高了，在社會上的影響，也要算最大了、但這一派的末流，不免有浮淺的鋪張，無謂的堆砌，往往使人生厭。』其實梁氏的文章，也有堆砌之弊，我們茲舉數例如後：『然則救危亡求進步之道將奈何？曰，必取數十年橫暴混濁之政體，破碎而齏粉之，使數千萬如虎如狼如蝗如蝻如蜮如蛆之官吏失其社鼠城狐之憑藉；然後能滌腸盪胃以上於進步之途也！必取數千年腐敗柔媚之學說，廓清而闢之，使數百萬如蠹魚如鸚鵡如水母如畜犬之學子毋得弄舌搖筆舞文嚼字為民賊之後援，然後能一新耳目以行進步之實也！』(新民說第十一篇論進步。)又如：『欲言國之老少，請先言人之老少：老年人常思既往，少年人常思將來：惟思既往也，故生留戀心；惟思將來也，故生希望心。惟留戀也，故保守；惟希望也，故進取。惟保守也，故永舊；惟進取也，故日新。惟思既往也，事事皆其所以經者，故惟照例；惟思將來也，事事皆其所未經者，故常敢破格。

老年人常多憂慮，少年人常好行樂。惟多憂慮也，故灰心；惟好行樂也，故盛氣。惟灰心也，故怯懦；惟盛氣也，故豪壯。惟怯懦也，故苟且；惟豪壯也，故冒險。惟苟且也，故能滅世界；惟冒險也，故能造世界。

老年人常厭事，少年人常喜事：惟厭事也，故常覺一切事無可爲者，惟喜事也，故常覺一切事無不可爲者。

老年人如夕照，少年人如朝陽。老年人如瘠牛，少年人如乳虎。老年人如僧，少年人如俠。老年人如字典，少年人如戲文。老年人如鴉片煙，少年人如潑蘭地酒。老年人如別行星之隕石，少年人如大洋海之珊瑚島。老年人如埃及沙漠之金字塔，少年人如西伯利亞之鐵路。老年人如秋後之柳，少年人如春前之花。老年人如死海之瀦爲澤，少年人如長江之初發源。此老年與少年，性格不同之大略也：梁啓超曰：『人固有之，國亦皆然……』以上二例，無謂的堆砌很多，讀之使人生厭。

(二)不合論理，且多繳繞。

『羅蘭夫人何人也？彼生於自由，死於自由。羅蘭夫人何人也？彼由自由而生，彼由自由而死。羅蘭夫人何人也？彼拿破崙之母也，彼梅特涅之母也，彼瑪志尼噶蘇士俾士麥加富爾之母也，質而言之，則十九世紀歐洲大陸一切之人物，不可不母羅蘭夫人，十九世紀歐洲大陸一切之文明，不可不母羅蘭夫人。何以故？法國大革命為歐洲十九世紀之母故。羅蘭夫人為法國大革命之母故。』更惡劣的如：『雖然，天不許羅蘭夫人享家庭之幸福以終天年也！法蘭西歷史世界歷史必要求羅蘭夫人之名以增其光燄也！於是風漸起，雲漸亂，電漸迸，水漸湧，譆譆出出，法國革命！嗟嗟咄咄，法國遂不免於大革命！』約言之；梁氏記敘的文章內，堆砌，排比，纏繞，不合論理之處很多，我們不多舉了。不過梁氏到了老來，把早年文章的毛病漸漸的減少了，變成一種清淡明顯的文章。

…………………………

古文學家認小說與戲曲，皆為『小道』，算不得是文學，不過是茶餘飯後的消愁品而已。到了康梁等文學改良運動時期，『小說』纔抬起頭來，爬上『文學』的範疇，梁氏高喊小說有薰，浸，刺，提四種力量，因此一般士大夫階級，纔不敢輕視『小說』。梁氏在學術界的權威，可謂大矣！

第二節　維新前後的新詩運動

『同光體』是滿清中興以後的詩國正統。陳衍說：『丙戌（一八八六年）在都門，蘇堪告余，有嘉興沈子培者，能爲「同光體」。「同光體」者。余與蘇堪戲目同光以來詩人不專宗盛唐者也。』原來曾國藩，鄭珍，魏源，何紹基，莫友芝之流都喜談宋詩，而不專宗盛唐。王闓運說：『太傅（指國藩）喜效韓退之，間衍溢爲黃魯直。』陳衍也說：『湘鄉出，而詩學皆宗涪翁。』曾國藩自己也說：『自僕宗涪翁，時流頗忻嚮。』這種宗尙宋詩的風氣，後來學者們名之曰：『宋詩運動』。所謂『同光體』，或所謂『江西詩派』，便是繼續這個運動的產物。

『同光體』詩人，重要者爲陳三立，鄭孝胥，樊增祥等，陳著有散原精舍詩，鄭著有海藏樓詩集，樊著有樊山集，（樊增祥號樊山，）這幾家詩人，在詩界革命時，仍然保守着他們詩匠的家法，可惜因社會經濟基礎的轉變，適成『同光體』的回光返照。雖然有陳，鄭，樊等勉强撐持門面，而仍不能不走向『此路不通』的墳墓中了。胡適先生詆之曰：『假古董』、張之洞先生罵之曰：『江西魔派』，（見過蕪湖弔袁漚簃詩。）因爲他們過的是塡難字的酸苦生活，我們只好說：『活該』了！

甲午戰敗後，適應時代潮流的新體詩人應運而生，當時詩界的巨子爲康，梁，譚，夏（穗卿）黃（遵憲）等；但當時的詩，是過渡的詩，是用舊風格寫極淺近的新意思，茲可以代表當日的一個趨向，並不算得是好詩；然而在啓蒙時，能有那樣的成績，也够我們恭維了；梁啓超氏飲冰室詩話裏說：『當時所謂「新詩」者，頗喜撏撦新名詞以自表異．丙申丁酉間，（一八九六—一八九七）吾黨數子皆好作此體．提倡之者爲夏穗卿（曾佑），而復生（譚嗣同）亦綦嗜之。……其金陵聽說法云：『綱倫慘以喀私德（Caste），法會盛於巴力門（Parliament），』……穗卿贈余詩云：『「帝殺黑龍才士隱，書飛赤鳥太平遲．」又云：「有人雄起琉璃海，獸魄蛙魂龍所徒．」……當時吾輩方沈醉於宗教……故新約字面絡繹筆端焉．』

新詩起蒙時，黃遵憲先生之成績最大，所以梁啓超說：『近世詩人能鎔鑄新理想以入舊風格者，當推黃公度』（見飲冰室詩話．）黃先生名遵憲字公度，廣東嘉應州人．（公元一八四八—一九〇五）光緒二年舉人．曾充任駐日公使參贊，及湖南按察使，著人境廬詩草十一卷，日本雜事詩二卷，日本國志四十卷．他曾參與戊戌政變，幾得黨禍．甲午以後，他做詩很激憤慷慨，如降將軍歌，度遼將軍歌，聶將軍歌，悲平壤，哀旅順，哭海威等詩，都是帝國主義炮火中的創痛哀音！如降將軍歌：『衝圍一舸來如飛，衆軍屬目停鼓鼙，船頭立者持降旗，都護遣我來致辭：……中將許諾信不欺，詰朝便爲受降期，兩軍雷動歡聲馳，燐青月黑陰風吹，鬼迫催促不得遲，濃薰芙蓉傾深巵，前者闔棺後輿尸，一將兩翼三參隨．兩軍雨拗咸驚疑，已降復死死爲誰？可憐將軍歸骨時，白旛飄飄丹旐垂：中一「丁」字懸高桅，廻視龍旗無孑遺，海波索索悲風悲，悲復悲！噫！噫！噫！』這首詩敍甲午戰敗，指降將軍丁汝昌．我們現在再看黃氏的雜感詩，其二云：

『大塊鑿混沌，渾渾旋大圜。隸首不能算，知有幾萬年？羲軒造書契，今始歲五千．以我視後人，若居三代先．俗儒好尊古，日日故紙研；六經字所無，不敢入詩篇．古人棄糟粕，見之口流涎，沿習甘剽盜，妄造叢罪愆。黃土同摶人，今古何愚賢？即今忽已古，斷自何代前？明窗敞流離，高爐爇香煙；左陳端溪硯，右列薛濤箋；我手寫我口，古豈能拘牽？即今流俗語，我若登簡編，五千年後人，驚爲古爛斑，』

黃先生在那樣早的時代，能有『我手寫我口，古豈能拘牽？』的主張，實爲當時詩界放一異彩，那些拘牽於古韻古律的先生們，看到他的新詩主張，都很驚心動魄：黃詩的特點爲：

(1)用作文的方法做詩　降將軍歌，度遼將軍歌，弔將軍歌，逐客篇，番客篇，赤穗四十七義士歌……都是用做文章的方法做成的．這種詩的長處在於條理清楚，敍述分明．我們且舉赤穗四十七義士歌一段爲例：

『……明年賜劍如杜郵，四十七義士性命同日休。一時驚歎如歌謳。觀者，拜者，弔者，賀者，萬花繞塚，每日香煙浮：一裙，一屐，一甲，一冑，一刀，一矛，一杖，一笠，一歌，一畫，手澤珍寶如天球！自從天孫開國首重天瓊鉾，和魂一傳千千秋。況復五百年來武門尚武國多賁儔！到今赤穗義士某某某某四十七人一一名字留！內足光輝大八州，外亦聲明五大洲。』

（2）取材豐富　黃先生說：

『各人有面目，正不必與古人相同。吾欲以古文家抑揚變化之法作古詩，取騷選樂府歌行之神理入近體詩。其取材以羣經三史諸子百家及許鄭諸註爲詞賦家不常用者；其述事以官書會典方言俗諺及古人未有之物，未闢之境，擧吾耳目所親歷者，皆筆而書之。要不失爲以我之手寫我之口』。

（3）不避俗語　黃先生又說：『土俗好爲歌，男女贈答，頗有子夜讀曲遺意。採其能筆於書者，得數首，』如他已亥雜詩中有一首云：『一聲聲道妹相思，夜月哀猿和竹枝。儂是閭閻悲是別，總應腸斷妃呼豨。』他自注云：『土人舊有山歌，多男女相思之辭，當係獠蛋遺俗。今松口松源各鄉尚相沿不改。每一辭畢，輒間以無辭之聲，正如妃呼豨，甚哀厲而長。』又山歌九首中如：

『買梨莫買蜂咬梨，心中有病沒人知。因爲分梨更親切，誰知親切轉傷離？

儺人出門雞亂啼，送人離別水東西。挽水西流想無法，從今不養五更雞。

一家女兒做新娘，十家女兒看鏡光。街頭銅鼓聲聲打，打着心中只說「郎」。』

第三節　章炳麟先生的文學見解

章炳麟先生原名絳，字太炎，浙江餘杭人。爲中國近數十年來古文學家。胡適先生說：『他的古文學工夫很深，他又是富於思想與組織力的，故他的著作在內容與形式兩方面都能「成一家言」』。又說：『章氏是清代學術史上的押陣大將，但他又是一個文學家。』章氏的文學見解，確有精到之處，如國故論衡，檢論等篇，主張文辭始於表譜簿錄，是代替語言的，是應用的。打破世人所謂『應用文』與『美文』的因襲觀念，這是他獨到的見解。他說：『文字本以代言，其用則有獨至。凡無句讀文，皆文字所專屬者也，以是爲主，故論文學者不得以興會神旨爲上……知文辭始於表譜簿錄，則修辭立誠，其首也。』章氏是近代自視甚高的學者，和他同時的文人，他都瞧不起，他論文很刻薄，不滿意於唐宋以來古文家，更不滿意於同時一般古文家，尤其對於林紓嚴復，大有貶辭。他說：

……韓呂劉柳所爲，自以爲古文辭，縱材薄不能攀姬漢，其愈隋唐末流猥交固遠，宋世吳蜀六士志不師古，乃自以當時決科獻書之文爲體，是豈可並哉．…儕重汪中，未嘗薄姚鼐張惠言，姚張所法，上不過唐宋，然視吳蜀六士爲謹．「自注：夸言稍少，此近代文所長．若惲敬之恣。龔自珍之儇，則不可同論．」儇視此雖不與宋祁司馬光等，要之文能循俗，後生以是爲法，猶有壇宇，不下墮於猥言釀辭，茲所以無廢也。並世所見，王闓運能盡雅，其次吳汝綸以下，有桐城馬其昶爲能盡俗，「自注：蕭穆猶未能盡俗。」下流所仰，乃在嚴復林紓之徒。復辭雖飭，氣體比於制舉，若將所謂曳行作姿者也。紓視復又彌下，辭無涓選，精彩雜汙，而更浸潤唐人小說之風。夫欲物其體勢，視若蔽塵，笑若齲齒，行若曲肩，自以爲妍，而祇益其醜也！與蒲松齡相次，自飾其辭而祇敬之，曰此真司馬遷班固之言！若然者，既不能雅，又不能俗，則復不得比於吳蜀六士矣！（見與人論文書。）章氏認爲文無駢散，並主張勿以古語易今語，他自己論文，有復古的意思，主張以魏晉之文爲文章的準則，他說：

或言今世慕古人文辭者，多論其世，唐宋不如六代，六代不如秦漢，今謂持論以魏晉爲法，上遺秦漢，敢問所安？曰：夫言亦各有所當矣。秦世先有韓非黃公之倫，持論信善，及始皇幷六國，其道益隘。自爾及漢，記事韵文，後世莫與比隆，然非所及於持論也。漢初儒者，與縱橫相依，逆取則飾游談，順守則主常論。游談恣肆，而無法程；常論寬緩，而無攻守。

道家獨主清靜，求如韓非解老，已不可得。淮南鴻烈，又雜神仙辭賦之言，其後經師漸與陰陽家幷，而論議益多牽制矣。漢論著者，莫如鹽鐵。然觀其駁議，御史大夫丞相史言此，而文學賢良言彼，不相剴切。有時牽引小事，攻劫無已，則論已離其宗。或有郤擊如罵，侮弄如嘲，故發言終日，而不得所凝止。其文雖博麗哉，以持論則不中矣。董仲舒深察名號篇，略本孫卿，爲已條秩，然多傅以疑似之言。惜乎劉歆七略，其六錄於漢志，而輯略俄空焉。不然，歆之謹審權量，斯有侖有脊者也。今漢籍見存者，獨有王充，不循俗迹。恨其文體散雜，非可諷誦。其次獨有昌言而已。魏晉之文，大體皆埤於漢，獨持論仿佛晚周。氣體雖異，要其守已有變，代人有序，和理其中，孚尹旁達，可以爲百世師矣…………夫雅而不核，近於誦數，漢人之短也。廉而不節，近於彊鉗，肆而不制，近於流蕩；清而不根，近於草野；唐宋之過也。有其利，無其病者，莫若魏晉。……效唐宋之持論者，利其齒牙；效漢之持論者，多其記誦；斯已給矣。效魏晉之持論者，上不徒守文，下不可禦人以口，必先豫之於學。（見國故論衡，論式。）

他主張學魏晉文，他說持論『必先豫之以學』。他『將取千年朽蠹之餘，反之正則。』他的文章是學者之文。他以爲『文字本以代言．』『凡云文者，包絡一切著於竹帛者而爲言，故有成句讀文，有不成句讀文．』他又以爲『不得以感人者爲文辭，不感者爲學說．』（以上均見國故論衡，文學總略。）主張學者之文與文人之文合一。所以他的講學說理的文章，都很有文學價值。

……………

章氏論文，是復古主義。他雖能『言之成理』，却是一種背謬時代的論調；時代把他的論調已經遺棄在千萬里以外了。他論韻文，也是一個極端的復古家；並且前後很矛盾，我們現在由他國故論衡辨詩九九頁舉出他的論調：

『吟詠情性，古今所同，而聲律調度異焉。魏文侯聽今樂則不知倦，古樂則臥。故知數極而遷，雖才士弗能以爲美。』

以上這幾句話，是很不錯的歷史見解。根據這個『數極而遷』的觀念，他指出三百篇爲四言詩的極盛時期；到了漢以下，『四言之勢盡矣』，故東晳等的四言詩都做不好，到了唐朝，『五言之勢又盡，杜甫以下辟旋以入七言』；到了『宋世，詩勢已盡，故其吟咏情性，多在燕樂（詞）』他論近代的詩，也很不錯：

『今詞又失其聲律，而詩尨奇愈甚。考徵之士。覩一器，說一事，則紀之五言，陳數首尾，比于馬醫歌括。及曾國藩自以爲功，誦法江西諸家，矜其奇詭。天下翕逐，古詩多詰屈不可誦，近體乃與杯珓讖辭相等。江湖之士豔而稱之，以爲至美。蓋自商頌以來，歌詩失紀，未有如今日者也。』上面這種論調，是富有歷史見解的論調。誰知我們的章老先生，在下例裏又矛盾起來了，他說：

『物極則變，今宜取近體一切斷之，（自注：唐以後詩但以參考史事，存之可也。其語則不足誦。）古詩斷自簡文以上，唐陳（子昂）張（九齡）李（白）杜（甫）之徒，稍稍刪取其要，足以繼風雅，盡正變矣。』

這種極端復古的論調，和他的文學見解，太矛盾了。如果四言詩之勢已盡於漢末而五言詩之勢已盡於唐初，如果詩之勢已盡宋世，那就如他自己說的『雖才士弗能以爲美』，難道他們還能復興到今日嗎？那『數極而遷』的文學，還可以恢復嗎？（以上見胡適五十年來中國之文學）不過他在學術史上，佔了一個很重要的位置；他的文章，一般人都很佩服，其特點如次：

（一）內容方面：

1. 以學問做底子，以理論爲骨格.

2. 文詞富於感情

(二) 形式方面：

(1)詼諧

(2)字句老鍊，如『老吏斷獄』。

第四節　文藝批評家王國維先生

王國維先生字靜安，號觀堂，浙江海寧人。（追根溯源，却是由河南開封遷去的。）生於一八七七年，卽光緒三年。『他的性格是內傾而矛盾的，身體很軟弱，常喜歡憂鬱，人生問題每每擾擾他的精神；他愛孤獨的沉於思索，而不慣於社交，他的活動全是內心的，外面極其簡單樸素，看了好像一個鄉下人似的，却是一位好學深思的學者，更進一步看，乃是自己衝突，苦悶的神經質的天才。他像一般的神經質的人一樣，感覺極其銳敏，也禁不住熱情，又好分析自己。他自以爲想當哲學家罷，就苦於感情多，難以平靜地用理智組成什末系統；那末想當詩人罷，就又苦於理性也不少，太耽於思索，情感也不能舒暢。他一生陷在這樣的衝突裏面。然而，他對於生活依然碍不住是强烈地欲求着的，他要澈底，他要出類拔萃。……他的矛盾，他的苦悶，他的求澈底結果便不得不出於自殺一途了。』（見文學季刊創刊號李長之王國維文藝批評著作批判）一九二七年（民十六）六月二日，王氏以國民革命的潮流釀成，自沉於北京頤和園昆明池而死，臨死時有

『五十之年，只欠一死，經此世變，義無再辱』的遺囑。噩耗傳出後，國內外各種雜誌，有的刊布紀念的文字，有的還特出追悼的專號，清廢帝爲他特下哀詔，予謚忠愨，派貝子溥仰前往奠醊，賞給陀羅經被，並賞銀二千元治喪。說是：『孤忠耿耿，深惻朕懷：』王氏生平對於文學，哲學之研究，均有顯著之成績，其貢獻最大者，則爲殷墟文之創見。

當歐洲文學傳到中國以後，國人輒感到自己文化的缺陷，於是那些新思想家就起來提倡效法西洋。他們看見自己學術太沒有生氣，他們看見有思想的人都消磨在咬文嚼字的工夫上，他們又看見西洋語言文字合一的好處，所以就思有以改革。王氏可以說是最先澈底明白文字價值之一人，他在『文以載道』的風氣盛行中，足然能以『描寫人生』做文學的目的，竟能夠說：『一代有一代之文學』，他這種見解，影響於文學革命最大。

王氏有文學革命的眼光。他看重小說與戲曲；並且澈底瞭解小說與戲曲的價值，他在三十自序上說：『余所以有志於戲曲者又自有故。吾中國文學之最不振者莫若戲曲。元之雜劇，明之傳奇，存於今日者，尙以百數。其中之文字雖有佳者，然其理想及結構，雖欲不謂之至幼稚，至拙劣，不可得也。國朝之作者雖略有進步，然比諸西洋之名據，相去尙不能以道里計。此余所以自忘其不敏，而獨有志乎是也。』他的紅樓夢評論，若就文藝批評史的眼光看，實爲一篇最重要的作品，有組織，有眼光，有根據，有感情，他說：

『吾國人之精神，世間的也，樂天的也，故代表其精神之戲劇小說，無往而不著此樂天之色彩。始於悲者終於歡，始於離者終於合，始於困者終於亨，非是而欲饜閱者之心難矣。』

他這種批評，高出中國人樂觀的精神，很值得我們讚揚。他在紅樓夢評論裡，還有一段話，更其表現了他的感情：『寶玉之苦痛，人人所有之苦痛也。其存於人之根柢者爲獨深，而其希望救濟也爲尤切。作者一一掇拾而發揮之，我輩之讀此書者，宜如何表滿足感謝之意哉！而吾人於作者之姓名，尚未有確實之智識，豈徒吾儕寡學之羞，亦足以見二百餘年來吾人之祖先，對此宇宙之大著述，如何冷淡遇之也。誰使此大著述之作者，不敢自署其名，——此可知此書之精神，大背於吾人之性質，及吾人之沈溺於生活之欲，而乏美術之知識，有如此也。然則予之爲此論，亦自知有罪也矣。』

王氏論文學以自然爲貴，以眞情實感爲主。他以爲能馳名久遠的文學作品，都是很自然的；反之，那些不自然的文學作品，休想有永久性。他說元曲的好處，就是因爲『自然』，他在宋元戲曲史自序裡說：『往者，讀元人雜劇而善之；以爲能道人情，狀物態，詞采俊拔，而出乎自然，蓋古所未有，而後人所不能髣髴也。』因王氏愛元曲之自然，所以他『輒思究其淵源，明其變化之跡，以爲非求諸唐、宋、金、遼之文學，弗能得也；乃成曲錄六卷，戲曲考原一卷，宋大曲考一卷，優語錄二卷，古劇脚色考一卷，曲調源流表一卷。從事既久，續有所得，頗覺昔人之說，與自己之書，罅漏日多；而手所疏記，與心所領會者，亦日有增益。』宋元戲曲史十六章，是他精心結構之作，也算是前無古人的創作。

王氏既以爲文學應該以自然爲貴，以眞情實感爲主，故其於消極方面，極力反對模仿、反對餔餟文學與文繡文學，地說：

昔司馬遷推本漢武時學術之盛，以爲利祿之途使然。余謂一切學問，皆能以利祿勸，獨哲學與文學不然。何則？科學之事業，皆直接間接以厚生利用爲恉，故未有與政治及社會上之興味相剌謬者也。至一新世界觀與一新人生觀出，則往往與政治及社會上之興味，不能相容。若哲學家而以政治及社會之興味爲興味，而不顧眞理之如何，則又決非眞正之哲學。……文學亦然。餔餟的文學。決非文學也。（見文學小言一）。

人亦有言。名者利之賓也。故文繡的文學之不足爲眞文學也，與餔餟的文學同。古代文學之所以有不朽之價値者，豈不以無名之見者存乎？至文學之名起，於是有因之以爲名者。而眞正文學乃復託于不重于世之文體以自見。逮此體流行之後，則又爲虛車矣。故模仿之文學，是文繡的文學與餔餟的文學之記號也。（見文學小言三）。他的宋元戲曲史，紅樓夢評論，人間詞話以及片斷的文藝批評文章，都有獨到的見解。有人把他和梁啓超並稱爲新時代的先趨者，實不爲過分。他雖則不曾正式高舉文學革命的旗幟，積極提倡這個運動，可是他却種下了文學革命的種子，胡適梁啓超諸先生論近代文學，沒有論及王先生，未免太『殊屬非是』了。

最後我要引吳文祺先生一段話，作爲本節的煞尾。吳先生說：『中國的批評文學本來很幼稚。或是以禮義教化爲批評諸文之標準，或是斤斤於字句之末節，如金聖嘆之評西廂水滸，即使有注意到文章的風格者，也只是用一些極抽象的話，如什麽『神』，『氣』，『味』等，令人不可捉摸。其能以西洋的文學原理來批評中國文學的，當以王靜安爲第一人。如果有人編中國文學批評史的話，我希望他們不要忘記了王靜安先生。（見文學季刊創刊號吳文祺再談王靜安先生的文學見解。）

第五節　章士釗派的政論文章

日俄戰爭以後（一九〇四—〇五）孫中山先生領導的革命運動，聲勢日益浩大。同時立憲派的君主立憲運動也慢慢地在國內活動起來。當時代表立憲派的言論機關，是新民叢報，民主派的言論機關是民報。因爲立憲派同民主派的主張常常發生衝突，所以這兩種報紙也常常有極激烈的論戰。（可參考立憲論與革命論之論戰）這種論戰在中國近代散文史上有一種良好的影響，因爲從此以後，謹嚴的，深厚的政論文學纔得成長。梁啓超的文章，因爲經過長期的論戰漸漸地脫去了早年浮誇，叫囂，堆砌，繳繞，不合論理的毛病。這種很激烈的筆戰，由一九〇五年，一直推演到一九一五年（民國四年），這十年期間，是政論文章的發達時期。這一個時代的代表作家，誰也知道是章士釗派。

章士釗字行嚴，湖南長沙人，曾留學於英國，好研究邏輯，且好研究政治法律．其文章以學理做底子，以論理做骨格，以文法做準繩，（著有中等國文典）有章太炎的謹嚴與修飾，而莫有章太炎的古怪；有梁啓超的條理，而沒有梁啓超的堆砌。章氏的文章，散見各報；但以甲寅時（一九一四——一五）的文章，最爲精．采我們以他著的學理上之聯邦論中一節爲例：

『理有物理，有政理。物理者，絕對者也．而政理祇爲相對．物理者，通之古今而不惑，放之四海而皆準者也。政理則因時因地容有變遷。二者爲境迴殊，不易並論。例如十烏於此，吾見九烏皆黑；餘一烏也，而亦黑之，謂非黑則於物理有違，可也。若十國於此，吾見九國立君，餘一國也，而亦君之，謂非立君則于政理有違，未可也。何也，立君之制，縱宜於九國，而未必即宜于此一國也。或曰：『自培根以來，學者無不採經驗論』。此其所指似在物理，而持以侵入政理之域，愚殊未敢苟同。……科學之驗，在夫發現眞理之通象；政學之驗，在夫改良政制之進程；故前者可以定當然於已然之中，後者甚且排已然而別創當然之例。不然，當十五六世紀時，君主專制之威披靡一世，政例所存，罔不然焉；苟如論者所言，是十七世紀後之立憲政治不當萌芽矣。有是理乎？』（見甲寅一，五。）

又如學理上之聯邦論，答潘君力山有一段爲：

『若曰：「吾國無聯邦之事例，聯邦之法理即爲根」，則無所應談之法理，而無其事例者，到處皆是矣；若一切不談，政治又以何道運行耶？況事例吾國無之，而他國固有，以他國所有者，推知吾國之亦可行，此科學之所以重比較，而法律亦莫逃其例者也。安得以本國之有無自限耶？太凡事例之成，苟其當焉，其法理必已前立，特其法理或位乎邏輯之境而人不即覺，事後始爲之說明耳。今吾飽觀政例，熟察利害，他人事後始有機會立爲法理者，而吾得於事前窮其邏輯之境，盡量出之，恣吾覽視，方自幸之不暇，而又何疑焉？』（甲寅一，一九。）

章氏的文章，文法謹嚴，論理完足，言期有物，而不支蔓。羅家倫先生說：『政論的文章，到那個時候，趨於最完備的境界。卽以文體而論，則其論調旣無「華夷文學」的自大心，又無「策士文學」的浮泛氣；而且文字的組織上又無形中受了西洋文法的影響，所以格外覺得精密。』又說：『可謂集「邏輯文學」的大成了』（見羅著近化中國文學思想之變遷。）羅先生這種批判是很對的。

章氏從桐城派出來，且爲文頗受嚴復章炳麟諸先生之影響；並因他有點「歐化」故其文章，精密繁複，把古文變成「歐化」的古文了．他翻譯西洋政論家法理學家的書，是以「歐化」的古文去直譯，而不用生吞活剝的外國文法。章氏又好峻潔的柳文，故他的文章，格外謹嚴瑩潔。他在他做的文論裡說：

……愚於文，實無工力可言。其粗解秉筆，紀事述意，不大虞蹶者，亦所遇天事爲多。且移用遠西詞令，隱爲控縱而已。……愚夙好柳子厚文，夫子厚文果胡獨異乎？以愚觀之，凡文自有其邏輯獨至之境，高之則太仰，低焉則太俯，增之則太多，減之則太少，急焉則太張，緩焉則太弛。能斟酌乎俯仰多少張弛之度，恰如其分以予之者，斯爲宇宙至文。子厚答韋中立書，自道文章甘苦。有曰參之穀梁以厲其氣，參之孟荀以暢其支，參之老莊以肆其端，參之國語以博其趣，參之離騷以致其幽，參之太史以著其潔。夫於氣則厲，於支則暢，於端則肆，於趣則博，於幽則致，於潔則著，相引以窮其勝，相劑以盡其美，凡文章之能事至此始觀止矣！就中潔之云者，尤爲集成一貫之德，有獲於是，其餘諸德，自帖然按部而來，故子厚殿焉。……』

章氏爲文主潔，由上文可以証明。他這種瑩潔繁複，傾向歐化的古文，和他同時的政論家，如黃遠庸、李大釗、高一涵、陳獨秀、張東蓀諸先生也常常做這樣的文章。不過後來，他們有的懺悔以前論政的罪過，有的做了時代的先鋒，大家都用白話做文，惟章氏賦性倔強，迷戀永久不變的文體，他還很自傲的說：『愚掉鞅文壇，歷二十年，所立體裁，自始未變！』（甲寅刊刊十五號反動辨，）又說：『……提倡新文學，自是根本救濟之法。然必其國政治差良，其度不在水平線下，而後有社會之事可言，文藝其一端也。歐洲文事之興，無不與政事並進。古初大地雲擾，梟雄竊發，蹂躪黌舍，僇辱儒冠。幸其時政與教離，教能獨立。而文人藝士，往依教宗。大院宏祠，變爲學圃。歐洲古文學之不亡，蓋食宗教之賜多也。而我胡望者？以知非明政事，使與民間事業相容，即莎士比亞當俄復生，亦將莫奏其技矣！』（答黃遠庸）章氏以爲先要做到政治差良，然後纔能談到文藝改革，由此我們知道章士釗先生是一位保守性最倔強的人，他不肯隨時代向前進，反而以其教育總長的威權，壓迫文學革命的份子，總而言之，章氏不是純粹的文學家，他的政論文章，並不是文學作品。不過他在古文範圍以內的革新運動中，確有相當的貢獻，故我們述之於前。

第六節　嚴復西洋近世思想的介紹

嚴復，原名宗光，字又陵，一字幾道，福建侯官人。生於一八五三（咸豐三年）死於一九二一。（民國十年）初入同縣沈葆楨所設之船政學堂。於一八七八年（光緒二年）派赴英國海軍學校，肄習戰術及礮台建築諸學。他最擅長數學，又治倫理學，天演學，兼治社會法律經濟諸學。歸國後，李鴻章器其能，迺辟教授北洋水師學堂。甲午召對，上萬言書。不用。歷任海軍副將同知道員諸職。宣統元年設海軍部，特授協都統。尋賜文科進士出身，充學部名詞館總纂，以碩學通儒徵爲資政院議員，又授海軍一等參謀官。民國初，爲北京大學校長，歷充顧問參政及約法會議議員。後被列名籌安會，爲六君子之一。他的一生經歷約略如上。（嚴復先生的經歷，詳見錢基博先生現代中國文學史三五二頁——三八八頁）。

嚴復生平師事桐城吳汝綸氏；每譯一書，必請教於吳先生門下。吳爲桐城派古文大師，對於嚴復譯書，最爲激賞；以爲『晚周以來，諸子各自名家。其大要有集錄之書，有自箸之言。集錄者，篇各爲義，不相統貫；原於詩書者也。自箸者，建立一幹，枝葉扶流，原於易，春秋者也。

漢之士爭以撰箸相高；其尤者、太史公書繼春秋而作；楊子太玄，擬易而爲之；是皆所謂一幹而枝葉扶疏者也。及唐中葉，而韓退之氏出，源本詩書，一度而爲集錄之體；宋以來因之。是故漢氏多撰箸之編；唐宋多集錄之文，其大略也。集錄既多，而向之所謂撰箸之體不復多見；間一見之，其文采不足以自發，知言者擯焉勿列也！獨近世所傳西人書，率皆一幹而衆枝，有合於漢氏之撰箸。』吳汝綸氏又以爲吾國之譯言，大抵弇陋不文，不足傳載其義，獨推嚴氏博涉兼能，文章學問，奄有東西數萬里之長；揚子雲筆札之功，趙充國四夷之學，美具難幷鍾於一手，求之往古，殆邈焉罕儔！吳氏激賞曰：『駸駸與晚周諸子相上下，』（見天演論序）又曰：『蓋自中土翻譯西書以來，無此鴻製。匪直天演之學在中國爲初鑿鴻濛，亦緣自來譯手無似此高文雄筆。』（答嚴幾道書）所以他老先生要『手錄副本，秘之枕中。』但當時有人，深感嚴氏譯文之不流暢銳達，反對曰：『文筆太務淵雅，刻意摹仿先秦文體，非多讀古書之人，一繙殆難索解。夫文界之宜革命久矣，歐美日本諸國文體之變化，常與其文明程度成正比例。況此學理邃賾之書，非以流暢銳達之筆行之，安能使學僮受其益乎？著譯之業，將以播文明思想於國民也，非爲藏山不朽之名譽也。文人結習，吾不能爲賢者諱矣！』（見新民叢報介紹新著原富。）如此批評嚴氏之文體，甚爲合理。

嚴氏譯書，共有九種，(一)赫胥黎天演論，(二)穆勒自由論，(三)穆勒名學，(四)斯賓塞爾群學肄言，(五)斯密亞丹原富，(六)孟德斯鳩法意，(七)甄克斯社會通詮，(八)耶芳斯名學淺說，(九)衛西琴中國教育議，(參考賀麟嚴復的翻譯，東方雜誌二十二卷二十一號。)錢基博先生說：『嚴復凡譯一書，與他書有異同者，輒旁考博証列入後案，張皇幽眇以補漏義；尤能以古文辭達奧旨，而不斷斷於字比句次之間。國人之言以古詩體譯西詩者，自蘇玄瑛；言以古文辭譯小說者，自林紓；而言以古文辭譯歐西政治，經濟，哲學諸科，蓋自復啓其機鑰焉！』(見現代中國文學史)胡適先生說：『他對於譯書的用心與鄭重可做我們的模範。』(見五十年來中國之文學)不錯，嚴氏譯書，務必求其其信，達，雅，甚至『一名之立，旬日踟躕。』吳汝綸氏所稱『與其傷潔，毋寧失眞。』此言嚴先生當之無愧矣：

嚴氏以古文翻譯西洋說理邃賾之文，彌補自韓愈以來古文不宜說理的大缺陷，此實爲古文史上之最大貢獻。

第七節　林紓西洋近代文學的介紹

林紓，原名羣玉，字琴南，號畏廬，又自署冷紅生，福建閩縣人，生於一八五二，死於一九二四。年十歲，從同縣薛則柯讀。則柯讀禮記檀弓至防墓崩，即掩卷大哭。紓亦爲飲泣。則柯賞其慧解，因授以歐文杜詩。惜因家貧，無所得書，故雜收零篇斷簡，潛心誦讀。一日，偶由篋中得其季父所藏之毛詩，尚書，左傳，史記四部殘本，愛之若珠！而愛史記特甚！林氏自十三歲以至二十以後，校閱不下二千餘卷。三十歲以後，得與同縣李宗言交，乃盡讀其家所藏之書，不下三四萬卷。林氏生平著述甚多，散文則有畏廬文集，畏廬續集，畏廬三集。詩歌則有閩中新樂府，畏廬詩存。傳奇則有蜀鵑啼，合浦珠，天妃廟三種，筆記則有技擊餘聞，畏廬瑣記，畏廬漫錄等種。林氏之文，婉媚動人，識者譽爲前古所未有！其自作冷紅生傳曰：

冷紅生，居閩之瓊水；自言系出金陵某氏，顧不詳其族望。家貧而貌寢，且木强多怒。少時見婦人，輒踧踖匿隅。嘗力拒奔女，嚴關自捍。嗣相見奔者恒恨之！迨長，以文章名於時，讀書蒼霞洲上。洲左右皆妓寮，在莊氏者，色技絕一時，夤緣求見，生卒不許。鄰妓謝氏笑之；偵生他出，潛投珍餌，館僮聚食之盡；生漠然不問知，一日，羣飲江樓，座客皆謝舊昵。謝亦自以爲生既受餌矣！或當有情？逼而見之，生逡巡遁去。客咸駭笑，以爲詭僻不可近！生聞而嘆曰：『吾非反情爲仇！顧吾褊狹善妒，一有所押，至死不易志。人又未必能諒之！故寧早自脫也！』所居多楓樹，因取『楓落吳江冷』詩意，自號曰冷紅生，亦用志其僻也。生好著書，所譯巴黎茶花女遺事，尤淒惋有情致。嘗自讀而笑曰：『吾能狀物態至此！寧謂木强之人，果與情爲仇也耶！』

林紓同嚴復一樣，亦爲桐城派古文之嫡傳。林更能謹守桐城義法，爲古文另開闢一新世界。故林嚴在三十餘年來古文界之佔重要位置，不在他們自己之創作，而在運用古文之翻譯。林氏譯品，前後共有一百五十六種。出版單行本有一百三十二種。餘散見於東方雜誌及小說月報中，原稿存於商務印書館未付印者約十四種。其譯品以英國作家爲最多，共有九十三種。法國次之，共有二十五種。美國更次之，共有十九種。再次爲俄國，共有六種。此外則有希臘挪威、比利時、瑞士、西班牙、日本諸國各一二種。不曾註明何國何人所著者，尚有五種。林氏譯品最有價值者爲小仲馬巴黎茶花女遺事，狄更司塊肉餘生述，冰雪因緣。賊史，孝世耐兒傳，滑稽外史，史各德撒克遜刼後英雄略，西萬提司魔俠傳，地孚魯濱遜飄流記等書。其中以茶花女遺事，最博盛名。胡適先生說：『林紓譯小仲馬的茶花女，用古文敘事寫情也可以算是一種嘗試。自有古文以來，從不曾有這樣長篇敘事寫情的文章。茶花女的成績，遂替古文開闢一個新殖民地。』（見五十年來之中國文學）。林氏譯品之優點爲：

（一）有幽默的風趣，

（二）爲古文開闢一新境界，

(三)使中國人知道西洋也有文學。

他不懂西文，譯書全靠他人口譯。每日工作四小時，可以寫到六千字，往往口述者未畢其詞，而紓已書於紙，一小時內，能就千餘言，且不竄一字。然終因不懂原文，訛錯之處頗多：

(一)選擇不精　一百五十六種之譯品，其爲第一流文學者，不過七十餘種耳，

(二)任意增刪，

(三)不肯採用白話，故譯句時有牽强，

(四)常以己之意加以按語。

胡適先生說：『古文不曾做過長篇的小說，林紓居然用古文譯了一百多種長篇小說，還使許多學他的人也用古文譯了許多長篇小說；古文裏很少滑稽的風味，林紓居然用古文譯了歐文與迭更司的作品。古文不長於寫情，林紓居然用古文譯了茶花女與迦茵小傳等書。古文的應用，自司馬遷以來從沒有這種大的成績。』——此爲林氏在古文史上最大之貢獻。

第八節　小說的提倡與發展

小說在中國學術界，已有兩千多年的可靠歷史。漢書藝文志以爲小說家者流，蓋出於稗官，把小說家列於十家之末，著錄者凡十五家，千三百八十篇。不過兩千年來，人們看小說，總是沿

用班固的眼光，以爲小說是『小道』，因此，小說在兩千多年的中國社會裡，沒有得到一個發展的機會，並且沒有鉅大的影響。三十多年以來，小說由抬頭而發展，直到一九三四年的今日，已收到很大的效果。就是卑卑不足道的大鼓，寶卷，俚曲，小調之類，也入了學者研究的範疇了。這是我們爲中國文學界，最慶幸的一件事：起初看重小說的人，當推新會梁起超先生。梁作論小說與羣治的關係，以爲『今日欲改良羣治，必自小說界革命始。欲新民，必自新小說始。』『故與新道德，必先新小說；欲新宗教，必新小說；欲新政治，必新小說，欲新風俗，必新小說；欲新學藝，必新小說；乃而欲新人心，必新小說；欲新人格，必新小說，何以故？小說有不可思議之力支配人道故。』（飲冰室文集全編卷三。）梁氏當時主撰新小說，鼓吹『小說爲文學之最上乘。』並作新中國未來記，譯印政治小說序，宣布『小說界革命』的主旨。同時民主派的刊物，也以『小說界革命』爲揭櫫，爲小說開闢新的發展途徑。後來林紓等翻譯西洋小說，更做了中國小說發展的借鏡。於是所謂『稗官』『小道』，居然深入文學的奧堂了。

翻譯外國小說者，除林紓外，還有伍光建先生。（字昭扆，筆名初爲君朔。）他先後譯有俠隱記，續俠隱記，彌術，克蘭佛，勞苦世界，大偉人威立特傳等。胡適先生說：『中國人能讀西洋文學書，已近六十年了，然名著譯出的，至今還不滿二百種。其中絕大部分不出於能直接讀西洋書的人，乃出於不通外國文的林琴南，眞是絕可怪詫的事！近三十年來，能讀英國文學的人更多了，然英國名著至今無人敢譯，還得讓一位老輩伍昭扆先生出來翻譯克蘭弗，這也是我們英美留學生後輩的一件大恥辱。英國文學名著，上自 Chaucer，下止 Hardy，可算是完全不曾有譯本。莎翁戲劇，至今止譯出一二種，也出於不曾留學英美的人。近年以名手譯名著，止有伍先生譯的克蘭佛，與徐志摩譯的贛第德兩種。故西洋文學書的翻譯，此事在今日直可說是未曾開始，……近幾十年中譯小說的人，我以爲伍昭扆先生最不可及。他譯大仲馬的俠隱記十二冊，（從英文本譯的）用的白話最流暢明白，於原文最精警之句，他皆用氣力鍊字鍊句，謹嚴而不失爲好文章。故我最佩服他。』（致曾孟樸先生書，眞美善雜誌第一卷第十二期。）由胡先生的上文，我們可以知道伍昭扆先生翻譯文學成績的偉大。他如魯迅，周作人諸先生的翻譯小說，在初期也佔了一個很重要的位置。

關於翻譯小說的成績，略如上述。現在我們再看國內的創作小說。當時的小說，我們可以分爲諷刺小說與社會小說兩種：前者可以老殘遊記，官場現形記，文明小史，二十年目覩之怪現象，孽海花，中國現在記，活地獄等作品爲代表；後者可以恨海，九命奇冤，庚子國變彈詞，近十年之怪現象等作品爲代表。以上這些作品，都是用白話寫的。胡適先生說：『吾每謂今日之文學，其足與世界「第一號」文學比較而無愧色者，獨有白話小說（我佛山人，南亭亭長，洪都百鍊生三人而已。）一項。此無他故，以此種小說皆不事摹仿古人。（三人皆得力儒林外史。水滸，石頭記，然非摹仿之作也。）而惟實寫今日社會之情況，故能成眞正文學。其他學這個學那個之詩古人家，皆無文學之價値也。』（文學改良芻議）當時的白話小說，是帝國主義炮火轟擊下的返映。一方面揭發出清廷官吏的腐敗；一方面又裸露出帝國主義的殘酷。使久呻吟在黑暗政治下的下層羣衆，明白了國際帝國主義侵略的毒惡，我們現在再看當時白話小說的作家。

李寶嘉字伯元，江蘇上元人，別號南亭亭長。生於一八六七，死於一九〇六。曾辦指南報，遊戲報，海上繁華報。其作品爲庚子國變彈詞，官場現形記，中國現在記，文明小史，活地獄等，而以官場現形記最博盛名。全書共六十回。描寫清代官僚的腐敗，卑鄙，貪汚，顢頇，凶惡，他把官僚比做仇讎，比做盜賊，甚至比做畜生，連狗也不如。這部書的初集有光緒癸卯年（一九〇三）茂苑惜秋生的序，痛論官的制度：

……選舉之法興，則登進之途雜，士廢其讀，農廢其耕，工廢其技，商廢其業，皆注意於官之一字。蓋官者有士，農，工，商之利而無士，農，工，商之勞者也。天下愛之至深者，謀之必善；慕之至切者，求之必工。於是乎有脂韋滑稽者，有貪緣奔競者，而官之流品已極紊亂。

限資之利，始于漢代。……開捐納之先路，導輸助之濫觴。所謂衣食足而知榮辱者，直是欺人之談！……乃至行博奕之道，擲爲孤注，操販鬻之行，居爲奇貨。其情可想，其理可推矣。沿至于今，變本加厲；凶年饑饉，旱乾水溢，皆得援救助之例，邀獎勵之恩。而所謂官者，乃日出而未有窮，不至充塞宇宙不止！……

官者，輔天下則不足，壓百姓則有餘。……有語其後者，刑罰出之；有誚其旁者。拘繫隨之。……於是官之氣愈張，官之燄愈烈。羊很狼貪之技，他人所不忍出者，而官出之；蠅營狗苟之行，他人所不屑爲者，而官得之。……國衰而官强，國貧而官富；孝弟忠信之舊，敗於官之身，禮義廉耻之遺，懷於官之手。而官之所以爲人詬病，爲人輕褻者，蓋非一朝一夕之故，其所由來者漸矣。……

官塲現形記罵的是官老爺，使人看了，頓感『國衰而官强，國貧而官富。』我們舉卷十四江山船上一個妓女龍珠對周老爺說的話爲例：

我十五歲上跟着我娘到過上海一盪，人家都叫我淸倌人。我肚裡好笑。我想我們的淸倌人也同你們老爺們一樣。……

去年八月裡江山縣錢太老爺在江頭僱了我們的船，同了太太去上任。聽說這錢太老爺在杭州等缺，等了二十多年，窮的了不得，連什麼都當了。好容易纔熬到去上任。他一共一個太太，兩個少爺，九個小姐。大少爺已經三十多歲，還沒有娶媳婦。從杭州動身的時候，一家門的行李不上五擔，箱子都很輕的。到了今年八月裡，預先寫信叫我們的船上來接他回杭州。等到上船那一天，紅皮衣箱一多就多了五十幾隻，別的還不算。上任的時候，太太戴的是鍍金的簪子；等到走，連那小少爺的奶媽，一個個都是金耳墜子了！錢太老爺走的那一天，還有人送了他好幾把萬民傘。大家一齊說老爺是清官，不要錢，所以人家纔肯送化這些東西。我肚皮裡好笑，老爺不要錢，這些箱子是那裡來的呢？……瞞得過我嗎？做官的人，得了錢，自己還要說是清官，同我們吃了這碗飯一定要說是清倌人。豈不是一樣的嗎？

周老爺聽了他的話，氣的一句話也說不出，倒反朝着他笑；歇了半天，纔說得一句『你比方的不錯』。

……………………

吳沃堯字小允，又字繭人，一作趼人。別署繭闇，或趼廛。廣東南海人。因生長於佛山鎮，故自號我佛山人。生於一八六七，死於一九一〇。曾主撰，月月小說。其作品有電術奇談，二十年目睹之怪現象，九命奇寃，恨海，近十年之怪現象等。其中以二十年目覩之怪現象最爲人所稱道。全書共一百〇八回，內容是批評家庭社會的黑幕，在布局與體例上，優於當時一班作家。他作的恨海與九命奇寃，更講求結構與布局。恨海寫的是婚姻問題，是悲劇的下場，打破中國團圓小說的舊例。九命奇寃寫的更精采了。他用百餘年前廣東一件大命案做布局。書中也寫迷信，也寫貪官汚吏，也寫人情刻薄，全書的結構，異常嚴密。故

一部技術完備的小說。

………………

劉鶚字鐵雲，江蘇丹徒人，也是寫小說的一個能手。所作小說爲老殘遊記，署名洪都百鍊生。自敍『……離騷爲屈大夫之哭泣，莊子爲蒙叟之哭泣，史記爲太史公之哭泣，草堂詩集爲杜工部之哭泣。李後主以詞哭，八大山人以畫哭。王實甫寄哭泣於西廂，曹雪芹寄哭泣於紅樓夢。……吾人生今之時，有身世之感情，有家國之感情，有社會之感情，有種敎之感情。其感情愈深者，其哭泣愈痛。此洪都百鍊生所以有老殘遊記之作也。棋局將殘，吾人將老，欲不哭泣也得乎？……』他想借這本小說發洩自己對於身世，家國，社會，種敎，的感情。其特點很多：他認爲清官的可惜，甚於贓官。以爲『贓官自知有病，不敢公然爲非。淸官則自以爲不要錢，何所不可。剛愎自用，小則殺人，大則誤國。』（第十六回自評）他又認爲娼妓問題，不是道德問題，而是很嚴重的生計問題。他描寫的技術很高。如寫大明湖的秋景，黃河冰凍的景象，王小玉唱書的韻

味，都是很出特的描寫．我們現在舉第十二回的一小段爲例：

抬起頭來，看那南面山上一條白光，映着月色，分外好看。一層一層的山嶺，却分辨不清；又有幾片白雲在那裡面，所以分不出是雲是山，及至定睛看去，方才看出那是雲那是山來。雖然雲是白的，山也是白的，雲有亮光，山也有亮光；只爲月在雲上，雲在月下，所以雲的亮光從背後透過來；那山却不然，山的亮光由月光照到山上，被那山上的雪反射過來，所以先是兩樣子，然只稍近的地方如此。那山望東去，越望越遠，天也是白的，山也是白的，雲也是白的，就分辨不出來了。

……………………

甲午以後，帝國主義者的新式武器，轟碎了中國封建社會的壁壘。中國人的生命，遂握在資本主義者的手裡。滿清政府，日益慌恐，其封建統治，因之根本動搖。政治腐敗，無官不貪，鬧得整個的國家，只有向動亂的途徑上走了。一般無識無知的老百姓，祇知『官怕洋人，洋人怕百姓，百姓怕官。』那些士大夫階級，急進一點的就立起來挺着脖子去革命，緩進一點的大唱立憲圖强，所走的路線雖不同，但對於滿清政府，都是一樣的不滿意。有幾部儒林外史式的諷刺小說，便在這樣的時代裏產生了。幾個應運而生的小說家，儘量揭發幽隱，指摘弊惡；痛罵貪官汚吏，譏諷黑暗政治，總之，這些小說、在文學上雖沒有多大價値，然而在時代性上，在歷史上，則有它們的位置。

第二章　五四文學革命運動的總清算

第一節　文學革命運動的必然性

中國自秦漢以來，物質的生產力固定在封建制度之下，已經二千多年。其間的社會組織，向來是縱的統系。雖然迭見改朝換帝，但所謂天經地義的綱常，倫敎，依然始終未變。二千多年以來的舊文學，也是一樣，翻來倒去，總不外一套倫常的把戲。一八四〇年（道光二十年）鴉片之戰以後，資本帝國主義開始侵入中國，農村經濟和小手工業逐漸破產，固定了二千多年的封建社會，便不能不天翻地覆了。接着資本帝國主義接二連三的襲擊，中國的封建制度，早被『賽因斯』先生一脚踢得粉碎。社會上的生產關係，不再是從前的師傳與徒弟，而變成近代的股東與工人。小學校裏的『人之初，性本善。』變成了『甚麼是那個？那個是一隻狗』。詩書易禮的聖經賢傳變成了聲光電化的自然科學。『父母之命，媒妁之言』，變成了自由擇配，新式戀愛。扭扭揑揑的小金蓮，變成了大大方方的天足。兩三千年的封建統制，搖身一變而成爲五族共和。社會上起了這樣大的變動，文學上你要叫它不變，它却怎能不變？樊仲雲先生說：『……我們中國因爲經濟基礎之始終在資本主義前期！所以數千年來常停頓於擬古主義而絲毫沒有發展。當春秋戰國以前，井田制度未毀，貴族當國，所以那時的文學是君主貴族的文學。井田制度破壞以後，經濟進於資本主義前期，官僚士大夫踏上政治舞台，這狀態，直到現在，還莫有大變，故其文學爲官僚貴族的文學。近頃以來，因爲資本主義的發展，工商階級漸漸得勢，頗苦於古文學之不能盡量自由發表其思想，於是有打破舊形式的束縛的新文學之出現。梁啓超新民叢報的報章文字倡於先，新青年的白話文字繼於後，現今我國文學界，可說全是此二種文字的勢力。』（見通過了十字街頭，小說月報第二十卷第一號。）陳獨秀先生又說：『常有人說白話文的局面是胡適之陳獨秀一班人鬧出來的。其實這是我們的不虞之譽。中國近來產業發達，人口集中，白話文完全是應這個需要而發生而存在的。適之等若在三十年前提倡白話文，祇需章行嚴一篇文章便駁得煙消灰滅。此時章行嚴的崇論宏議有誰肯聽？』（見答適之——討論科學與人生觀。）總而言之：中國的封建制度已經崩潰，人民的生活不像從前那樣的餘裕、幽閒，生活上的競爭日益激烈，影響到文字上的簡單化、羣衆化，通俗化，自然成了不可免的事實。

『甲午之役』以後（一八九四年——光緒二十年），中國的弱點，格外顯露得清楚了。各資本帝國主義者，爲了擴張市場，覓求原料，遂張牙舞爪，大肆侵略。什麼『瓜分中國』，『劃定勢力範圍』，『利益均霑』，『門戶開放』……都是他們侵略中國，先後所喊出的口號。中國民族，受了這樣深刻的襲擊與教訓，一般有志之士，莫不悲憤！如當時黃遵憲先生的降將軍歌，度遼將軍歌，悲非壤，哀旅順，哭威海，臺灣行等詩，都是慷慨激越之作，很能證明他是一個為民族叫喊的詩人，同時譚嗣同，康有為，梁啓超等，都是一種發憤愛國，慷慨悲歌之作。我們現在舉譚嗣同莽蒼蒼齋詩自敍為例：

天發殺機，龍蛇起陸，猶不自懲，而為此無用之呻吟。抑何靡與？三十年前之精力，敝於所謂考據詞章，垂垂盡矣；勉於世，無一當焉；憤而發篋，畢棄之。劉君松芙獨衷其不自聊，勸令少留，且擣拾殘章為補遺，姑從之云爾。光緒二十年十二月也。

譚氏要盡棄舊稿，不再『為此無用之呻吟。』他想建立新文學，故不再做詞章考據。他在『文以載道』的境界中，和同志者從事於『詩界革命』，其犧牲精神太可令人佩服了。自此以後，『古文學』漸次走向沒路，一直到『五四』文學革命，幾個文學革命的健將，把『古文學』親視含殮』了。

……………

一九一四到一九一八年，資本帝國主義，為了爭取市場所演的世界大戰，把全世界轉變到一個新的局勢。正在「白刀子入，紅刀子出」的時候，俄國却發生了偉大的十月革命運動。（先五四運動兩年。）革命後一年，蘇俄亦曾對中國發一宣言。（一九一九年尚有第二次宣言。）中國沈寂的學術思想界，受了這運動的震盪，自然要激起一個狂濤。五四前後，社會主義的呼聲，蘇俄新制度的研究，乃至社會主義研究的結社，都流行起來。於是遂形成文學革命運動諸特徵之一。並且當大戰時，各帝國主義者，均無暇東顧，日本遂得乘間加速度地侵略中國，造成了中國長期的內亂，國內新興的資本家，在帝國主義與封建軍閥的雙層壓搾與剝削之下，其產業的發展，有了很大的阻力，故促成中國新興資產階級反帝反封建的五四運動。

此外，西洋學術思想，隨着他們的大炮巨艦也來到中國，中國的舊思想，舊道德，舊信仰，漸漸都生動搖了。最初王闓運，葉德輝之流，都以爲『西人工商而已，無所謂學。』後來漸漸承認西人也有所謂『學』了，不過名之曰『西學』，以別於『中學』。什麼上帝耶穌的宗教，什麼聲光電化的科學，什麼德謨克拉西的學說，什麼物競天擇的理論，什麼歌德囂俄小仲馬迭更司的文學……使中國固有的思想信仰於相形之下而生動搖了。（見最近三十年來中國文學史七二頁。）

總而言之，文學革命運動有它的社會基礎，不是幾個人隨隨便便鬧出來的。上面幾個條件，促成了文學革命運動的必然。我現在拿李初黎先生的話，做我本節的結束。李先生說：『中國近代的文化史是中國近代社會史的反映，中國近代的社會史，又決定了我們的文學革命史。』（見李初黎先生『怎樣建設革命文學？』）

第二節　文學革命的對象

清代雍乾以後，桐城派的古文，可謂盛矣！其首領為方苞與姚鼐。曾國藩氏說：『乾隆之末，桐城姚姬傳先生鼐善為古文辭，慕效其鄉先輩方望溪侍郎之所為，而受法於劉君大櫆及其世父編修君範。三子既通儒碩望，而姚先生治其術益精。歷城周永年書昌為之語曰，「天下之文章其在桐城乎？」由是學者多歸嚮桐城，號桐城派，猶前世所稱江西詩派者也。』（見歐陽生文集序）曾國藩是桐城派後起者。其聖哲畫像記恭維姚鼐為古來聖哲之一。他說：『舉天下之美無以易乎桐城姚先生者也。』又說：『國藩之粗解文章，由姚先生啟之。』不過他的造詣，實較姚氏為高。他的門生又較姚氏弟子更多。所以有人另稱他們為『湘鄉派』。曾氏中興了桐城派，更發揚而光大之，替桐城派爭得不朽的光榮。他死後（一八七二——同治十一年死），李元度．郭嵩燾．張裕釗．薛福成．黎庶昌．吳汝綸諸先生也算是桐城派古文大師。自吳汝綸先生於一八九七（光緒二十三年）逝世後，桐城派竟慢慢地衰落了。要不是章炳麟．林琴南．嚴復幾位先生撐持門面，桐城派的古文却要自掘墳墓了。

桐城派在文詞文面，提出所謂古文義法。『義法』二字出於史記十二諸侯年表：『孔子明王道，千七十餘君，莫能用。故西觀周室，論史記舊聞，興於魯，而次春秋。上記隱，下至哀公之獲麟，約其文辭，治其煩重，以制義法。王道備，人事浹。』方苞取義法二字以論古文。所謂義法，在他們雖看得很緊要，但卻並不是一種深奧不測的東西，祇是一種修詞學而已。現在將他們所說的分兩點述之於後：

一．文章必須『有關聖道』——方苞說：『非闡道翼教，有關人倫風化不苟作。』姚鼐也說：『不能發明經義不可輕述。』所以凡是文章必須要『明道義，維風俗。』他們主張『古文中不可入：語錄中語，魏晉六朝人藻麗俳語，漢賦中板重字法，詩歌中雋語，南北史佻巧語。』（評沈椒園文．）他們以為『凡為學佛者傳記，用佛氏語則不雅。』（答程夔州書——方苞）

二．文章內要有『神理氣味，格律聲色。』——姚鼐在古文辭彙纂序目裡說：『凡文之體類十三，而所以為文者八：曰「神理氣味，格律聲色。」神理氣味者文之精也，格律聲色者文之粗也。…………』

不管他們的主張如何，他們所作出的東西，也仍是唐宋八大家的古文。並且，越是按照他們的主張作出的，越是作得不好。清錢大昕批評方苞曰：『氣度波瀾，內容全無。』梁啓超大罵桐城派古文家曰：『矯揉造作，無所取材。』錢玄同先生曰：『腐心相選袪魔鬼，切齒綱倫斬毒蛇。』

……………………

文選派摹仿漢魏六朝文章，雖與桐城派不同，但同樣的爲古人作奴隸．桐城派崇尚散文，文選派崇尚駢文．他們以爲『沈思翰藻始謂文。』不過比較起來，文選派的內容要充實些，故清代能文之士，多競仿之。此派中心人物爲王闓運．劉師培．黃侃等，我們檢舉王闓運秋醒詞序爲例，藉以看看他們肉麻的句調：『……青扉半開，知薄寒之已久。垩牆如練，映苔地以逾陰。象床低彩鳳之帷，金缸續盤龍之燄。羅幬輕颺而已驚蚊宿，鎖窓無聽而坐聞蟲語。湛湛之露，隔鴛瓦而猶凉。瑟瑟之風，送雞聲而俱遠。遼落一聲，旁皇三嘆！豈象罔三求之後，將鈎天七日之終？憮然自失，旋云有得矣！……於斯時也，從靜得感，從感生空；意御列風之是非，築軒雲而升降，接盧敖之汗漫，入李叟之有無，猶陳思之登魚山，茂陵之嘆徹寢也！俄而侍娃旋起，閨人已覺，一庭之內，羣籟漸生；似華胥之頓還，若化城之忽返，是知安閨房者，苦人之攓天。……』

可惜這篇妙文太長，在這裡不能多抄，然已可於其中觀其不通之典故及肉麻之句調矣！最肉麻令人嘔吐者，莫若『翡翠簾前，好似漢高之祖；鴛鴦殿上，有如秦始之皇。』

錢玄同先生在他寄陳獨秀先生一信之中說：『至於當世所謂能作散文之桐城巨子，能作駢文之選學名家，做詩塡詞必用陳套語，所造之句不外如胡先生（適之）所舉胡先驌君所塡之詞，此等文人，自命典贍古雅，鄙夷戲曲小說，以爲猥俗不登大雅之堂者，自僕觀之，此輩所撰，皆『高等八股耳』，（此尙是客氣話；據實言之，直當云「變形之八股。」）文學云乎哉！』又寄胡適之先生一信中說：『玄同年來深慨於吾國文言之不合一，致令青年學子不能以三五年之歲月通順其文理以適於應用，而彼選學妖孽與桐城謬種方欲以不通之典故與肉麻之句調戕賊吾青年，因之時興改革文之學思，以未獲同志，無從質證。』胡適之先生又說：『居今日而言文學改良，當注重『歷史的文學觀念。』一言以蔽之曰：一時代有一時代之文學。此時代與彼時代之間，雖皆有承前啓後之關係，而決不容完全鈔襲；其完全鈔襲者，決不成爲眞文學。……吾輩之攻古文家，正以其不明文學之趨勢，而强欲作一千年二千年以上之文。此說不破，則白話之文學無有列爲文學正宗之一日，而世之文人將猶鄙薄之，以爲小道邪徑而不肯以全力經營造作之。』我們由錢胡兩先生的主張中，可以知道他們文學革命的決心與積極。

……………

晚清之鄭孝胥陳三立等，爲江西詩派之嫡傳．他們做詩，多古怪僻澀的句子。相傳有一段這樣的笑話，陳三立做了一首詩：『嘯歌亭館登臨地，今日都成隔世尋。半壑松篁藏梵籟，十年心迹比秋陰。飄零自冷山川氣，傷足寧爲却曲吟。作健逢辰領元老，下窺城郭萬鴉沈。』（九日從抱冰宮保至洪山寶通寺餞送梁節庵兵備。）張之洞看了．不解第七句，疑元老不宜見領於人。其實江西詩派的古怪，何止這裏一句一字？他們過的是塡難字的可憐生活，扭扭揑揑，矯揉造作，眞能把個人肉麻死了．張之洞評曰：『江西魔派不堪吟，北宋淸奇是雅音。』這派詩眞是走入魔道，所謂『江西魔派』這個稱呼，簡直是一分都不過火的批評。若追尋他們的禍首，當然是江西派的初祖黃庭堅了。陳獨秀先生在他的文學革命論上說：『今日吾國文學，悉承前代之敝：所謂「桐城派」者，八家與八股之混合體也；所謂駢體文者，思綺堂與隨園之四六也，所謂「江西派」者，山谷之偶像也。求夫目無古人，赤裸裸的抒情寫世，所謂代表時代之文豪者，不獨全國無其人，而且舉世無此想。文學之文，既不足觀，應用之文，益復怪誕。碑銘墓誌，極量稱揚，讀者決不見信，作者必照例爲之。』無怪陳先生毅然決然，『願拖四十二生的大砲，爲之前驅！』

……………………

無聊小說，在民國初年，最爲盛行。羅家倫先生分之爲三派：一爲黑幕派，一爲濫調四六派，一爲筆記派。（筆記派又可分爲四支：一支是言情的，一支是神怪的，一支是技擊的，一支是軼事的。）這些小說，大都缺乏文學上的價値。魯迅先生說：『徒作譙訶之文轉無感人之力，其下者，乃至醜詆私敵，等於謗書；又或有嫚駡之志，而無抒寫之才，則遂墮落而爲「黑幕小說」，』如中國黑幕大觀，北京黑幕大觀，上海黑幕新編之類，就直接以『黑幕』做書名了。這類黑幕小說，在袁皇帝時代更爲盛行。做這些小說的人，專以揭發人家的祕密爲目的。他們與諷刺不同，而是專門去騙錢。如此小說，可謂玷辱文壇至極矣！其次是濫調四六派，以徐枕亞的玉梨魂爲代表，這派人做小說，是用駢文的爛調堆砌起來的，他們摹仿燕山外史。錢玄同先生說：『燕山外史一書，專用惡濫之事，敘一件肉麻之事，文筆亦極下劣，最不足道。』由此我們就可以明白這派人的小說了。後來有人稱這派爲『鴛鴦蝴蝶派。』是就他們小說的內容說的。還有一派是千篇一律的筆記小說，也是同樣的無聊卑鄙，所謂上海的『禮拜六派』，就是這派小說的代表，他們在文學界裏最不光榮。

總之，以上所述，均受文學革命家的痛詆。從事文學革命的幾位先生，早已替他們正式發了訃文。

第三節　文學革命的濫觴時期

文學革命之論，胡適先生發其機緘。故我們論文學革命，必自胡適始。他在民國紀元前六年，就開始用白話文做章回小說和論文。後二年，他又用白話開始做詩，如遊萬國賽珍會，棄父行等詩，都是那時做的。他做詩主張『詩須有爲而作。』（東坡語）他以爲『作詩必使老嫗聽解，固不可；然必使士大夫讀而不能解，亦何故耶？』（懷麓堂詩話）由此我們可以明白他論詩的旨趣了。民國四年八月，他做了一篇如何可使吾國文言易於教授，文中列舉方法數條，但還不曾主張以白話代文言，他說：『文言是半死之文字，不當以教活文字之法教之。』又說：『活文字者，日用語言之文字，如英法文是，如吾國之白話是也。死文字者，如希臘，拉丁非日用之語言，已陳死矣。半死文字者，以其中尚有日用之分子在也；如犬字是已死之字，狗字是活字，乘馬是死語，騎馬是活語；故曰半死文字也。』（嘗試集自序）民國四年九月十七日夜，因爲他要同梅光迪分別，故作一首長詩送給光迪。其中有一段說：『梅君，梅君毋自鄙！神州文學久枯餒！百年未有健者起！新潮之來不可止！文學革命其時矣！吾輩誓不容坐視。且復號召二三子，革命軍前杖馬箠。鞭笞驅除一車鬼，再拜迎入新世紀。以此報國未云非，縮地戡天差可擬。梅君梅君毋自鄙！』原詩共四百二十字，全篇用了十一個外國字的譯音；這十一個外國字，惹起了幾年的筆戰任叔永把這些字連綴起來，做了一首遊戲詩送給胡適：『牛敦愛迭孫，培根客爾文，索虜與霍乘，「煙士披里純。」鞭笞一車鬼，爲君生瓊英。文學今革命，作歌送胡生。』胡適接到這首詩，依韻和了一首，寄給任叔永：『詩國革命何自始？須要作詩如作文。琢鏤粉飾喪元氣，貌似未必詩之純！小人行文頗大膽！諸公一一皆人英！願共僇力莫相笑，我軍不作腐儒生！』他這首詩引起詩之文字與文之文字的爭論。梅光迪給他寫信說：『詩文截然兩途。詩之文字，與文之文字，自有詩文以來，無論中西，已分道而馳。……足下爲詩界革命家，改良詩之文字則可。若僅移文之文字於詩，卽謂之革命，謂之改良，則不可也；……以其太易易也。』關於這個問題，胡適主張不分詩之文字與文之文字，他反對言之無物，以文勝質的濫調詩人，他以爲詩界革命當從三事入手：第一須言之有物。第二須講求文法。第三當用『文之文字』時，不可故意避之。

以上之論爭，是民國四年到五年春間之事。當時胡先生文學革命論的基本理論，是以歷史的文學觀念爲根據。他說：『文學革命，在吾國歷史上，非創見也。卽以韻文而論，三百篇變而爲騷；一大革命也。又變爲五言，七言，二大革命也。賦變而爲無韻之駢文；古詩變而爲律詩；三大革命也。詩之變而爲詞，四大革命也。詞之變而爲曲，爲劇本，五大革命也。何獨於吾所持文學革命論而疑之？文亦遭幾許革命矣！自孔子至於秦漢中國文體始臻完備。六朝之文……亦有可觀者；然其時駢儷之體大盛，文以工巧雕琢見長；文法遂衰。韓退之所以稱『文起八代之衰』者，其功在於恢復散文，講求文法，此一革命也。……宋人談哲理者，深悟古文之不適於用，於是語錄體興焉。語錄體者，禪門所常用，以俚語說理記言；……此亦一大革命也。至元人之小說，此體始臻極盛。……總之。文學革命，至元代而極盛，其時之詞也，曲也，劇本也，小說也，皆第一流之文學，而皆俚語為之；其時吾國眞可謂有一種『活文學』出現；儻此革命潮流，不遭明代八股之刼，不遭前後七子復古之刼，則吾國之文學，已成俚語的文學；而吾國之語言，早成為言文一致之語言，可無疑矣。但丁之創意大利文學，卻叟輩之創英文學，路德之創德文學，未足獨有千古矣！惜乎五百餘年來，半死之古文，半死之詩詞，復奪此『活文學』之席；而半死文學，遂苟延殘喘以至於今日，……文學革命，何可更緩耶？何可更緩耶？』（見嘗試集自序）胡適是個歷史癖太深的人。他對於文學的態度，始終只是一個歷史進化的態度。後來他做了一篇歷史的文學觀念論，說的更詳細，但其要點仍是認為文學革命的工作，是『何可更緩耶？』他在民國五年四月十三日塡了一首沁園春詞，題目就叫做『誓詩』；其實是一篇文學革命的宣言：『更不傷春，更不悲秋，以此誓詩。任花開也好，花飛也好；月圓固好，月落何悲，我聞之曰：「從天而頌，孰與制天而用之；」更安用為蒼天歌哭，作彼奴為！文章革命何疑：且準備搴旗作健兒。要前空千古，下開百世；收他臭腐，還我神奇！為大中華造新文學，此業吾曹欲讓誰？詩材料，有簇新世界。供我驅馳！』他這首詞極力攻擊中國文學『無病呻吟』的惡根性。

民國五年七月十三日，任叔永寄給胡適一首泛湖即事詩。其中有『言櫓輕楫，以滌煩疴』和『猜謎賭勝，載笑載言。』等句。胡適批評詩中『言櫓輕楫』之言字及『載笑載言』之載字，都是已經死了的字。又如『猜謎賭勝，載笑載言，』兩句，上句為二十世紀之活字，下句為三千年前之死句，殊不相稱也！他這種批評，引起梅光迪的痛駁：『足下所自矜為文學革命真諦者，不外乎用活字以入文；於叔永詩中稍古之字皆所不取，以為非「二十世紀之活字」。……夫文字革新，須洗去舊日腔套，務去陳言，固矣。然此非盡屏古人所用之字，而另以俗語白話代之之謂也。……足下以俗語白話，為向來文學上不用之字，驟以入文，似覺新奇而美，實則無永久價值；因其向未經美術家鍛鍊，徒諉諸愚夫愚婦無美術觀念者之口，歷史相傳，愈趨愈下，鄙俚乃不可言！足下得之，乃矜矜自喜，炫為創獲，異矣！如足下之言，則人間材智選擇教育諸事，皆無足算；而村農傖父，皆足為詩人美術家矣！甚至非洲黑蠻、南洋土人，其言文無分者，最有詩人美術家之資格矣！……至於無所謂「活文學」，亦與足下前次言之，……文字者世界上最守舊之物也。……足下乃視改革文字如是之易乎？』胡適以為光迪這封信，不特完全誤解了他的主張；而且說了一些沒有道理的話。因此他又做了一首一千多字的遊戲詩答梅光迪。這首詩的第二段說：

『文字沒有雅俗，卻有死活可道！古人叫做欲，今人叫做要；古人叫做至，今人叫做到；古人叫做溺，今人叫做尿；本來同是一字，聲音少許變了。並無雅俗可言，何必紛紛胡鬧！至於古人叫字，今人叫號；古人懸梁，今人上吊；古名雖未必不佳，今名又何嘗不妙。至於古人乘輿，今人坐轎；古人加冠束幘，今人但知戴帽；若必叫帽作巾，叫轎作輿，豈非張冠李戴，認虎作豹？』上面這首遊戲詩，是民國五年七月二十二日做的。梅光迪看過後，很不以爲然！寫信大罵胡適道：『讀大作，如兒時聽蓮花落，眞所謂革盡古今中外人之命者！足下眞豪健哉！蓋今之西洋詩界，若足下之張革命旗者，亦數見不鮮。最著者有所謂 Futurism Imdnism Free Verse 及各種 Decadentmovement in literature and in arts 大約皆足下俗語詩之流亞；皆喜以「前無古人，後無來者」自豪，皆喜詭立名字 號召徒衆，以眩世人之耳目；而已則從中得名士頭銜以去焉。』此後梅、任、胡三先生的爭論更趨極端。梅光迪主張：『小說詞曲固可用白話，詩文則不可。』任叔永主張：『白話自有白話的用處，然不能用之於詩。』胡適則主張：『白話入詩，古人用之者多矣：』胡並寫信給任叔永，申述他夢想中的文學革命曰：『（一）文學革命的手段，要令國中之陶、謝、李、杜，敢用白話京調高腔作詩。（二）文學革命的目的，要令白話京調高腔之中，產出幾許陶、謝、李、杜；（三）今日決用不着「陶、謝、李、杜」的陶、謝、李、杜。若陶、謝、李、杜生於今日，仍作陶、謝、李、杜當日之詩，則決不能更有當日的價值與影響；何也？時代不同也。（四）吾輩生於今日，與其作不能行遠，不能普及的五經、兩漢、六朝、八家文字，不如作家喻戶曉的水滸、西遊文字。與其作似陶、似謝、似李、似杜的詩，不如作不似陶、謝，不似李、杜的白話詩。與其作一個學這個學那個的鄭蘇盦、陳伯嚴，不如作一個實地試驗「旁逸斜出」「舍大道而弗由」的胡適之……吾志決矣！吾自此以後，不更作文言詩詞！（七月二十六日）』胡適此時，實行他的『文學實驗主義』他反對『嘗試成功自古無』。他堅決的打定主意做白話詩的試驗，雖沒有朋友肯和他同去探險，而他却有『單身匹馬而往』的勇氣。一直到民國六年二月，陳獨秀先生發表了一篇文學革命論，爲他聲援。此後的文學革命，不再是討論與嘗試，而是浩浩蕩蕩的做討伐工作了。

第四節　新青年時代的文學革命

新青年是一九一七和一九一八兩年間，國內唯一的新文化雜誌。它所崇奉的兩位導師，一位是德先生（德謨克拉西），另一位是賽先生（賽因士）。德先生代表民主政體平等自由的精神，賽先生代表破除迷信尋求眞理的科學精神。這兩位大導師，是近世文明的淵源。主編新青年的陳獨秀本不是文學家，而是一個最進步的文化運動啓蒙家。他對於舊文化傳統的思想，極方攻擊，使數千年來統治中國的舊道德根本動搖。他在新青年上告訴我們的是：『我們相信世界各國政治上，道德上，經濟上因襲的舊觀念中，有許多阻碍進化而且不合情理的部分。我們想求社會進化，不得不打破「天經地義」，「自古如斯」的成見；決計一面拋棄此等舊觀念，一面綜合前代賢哲當代賢哲和我們自己所想的創造政治上，道德上，經濟上的新觀念，樹立新時代的精神，適應新社會的環境。

我們理想的新時代新社會，是誠實的，進步的，積極的，自由的，平等的，創造的，美的，善的，和平的，相愛互助的，勞動而愉快的，全社會幸福的，希望那虛偽的，保守的，消極的，束縛的，階級的，因襲的，醜的，惡的，戰爭的，軋轢不安的，懶惰而煩悶的，少數幸福的現象，漸漸減少，至於消滅。……』（新青年宣言）

從宣言中看來，新青年是新興資產階級反封建的急先鋒，它是要與『天經地義．自古如斯』的封建社會作鬥爭，它是鼓吹自由平等相愛互助……要在思想上文藝上，及一切觀念體系上，建築起資產階級的鞏固寶塔。陳獨秀胡適兩位先生，便是新興資產階級的代言人。我們再看陳獨秀的敬告青年：『等一人也，各有自主之權，絕無奴隸他人之權力，亦絕無以奴隸自處之義務。奴隸云者，古之昏弱對於強暴之橫奪，而失其自由權利者之稱也。自人權平等之說興，奴隸之名，非血氣所忍受。世稱近世歐洲歷史爲「解放歷史」：破壞君權，求政治之解放也；否認教權，求宗教之解放也；均產說興，求經濟之解放也；女子參政運動，求女權之解放也。

解放云者，脫離夫奴隸之羈絆，以完其自主自由之人格之謂也。我有手足，自謀溫飽；我有口舌，自陳好惡；我有心思，自崇所信；絕不認他人之越俎，亦不應主我而奴他人，蓋自認爲獨立自主之人格以上，一切操行，一切權利，一切信仰，唯有聽命各自固有之智能，斷無盲從隸屬他人之理。……」這一段文和梁任公飲冰室文集中的論自由筆調，沒有分別。所謂鼓吹自由，提倡天賦人權，在戊戌以後，資產階級覺醒時代，已高喊過了。我們再看他的實行民智的基礎：「中華民國的假招牌，雖然掛了八年，却仍然賣的是中華帝國的藥，中華官國的藥，并且是中華匪國的藥，「政治的民治主義」，這七個好看的字，大家至今看了，還不大順服。……我們現在要實行民治主義，是應當拿英美做榜樣，是要注意政治經濟兩方面，是應當在民治的堅實基礎上做工夫。……」

八年的民國假招牌，依然是『帝國』『官國』『匪國』可以證明中國資產階級革命的失敗，於是他想要替資產階級在『政治』『經濟』上重新建築英美式的營壘，真可謂一個忠實的新興資產階級的代言人！他在政治上做了資產階級的代言人，辯護士，而在文藝上，立在資產階級意識觀點，對封建社會文學加以抨擊！他對文學革命標張三大主義：

(一)推倒彫琢的阿諛的貴族文學，建設平易的抒情的國民文學。

(二)推倒陳腐的鋪張的古典文學，建設新鮮的立誠的寫實文學。

(三)推倒迂晦的艱澀的山林文學，建設明瞭的通俗的社會文學。

——文學革命論．民國六年二月發表

由他的三大主義看來，他在文藝上是反對封建社會的趣味文學，主張個性的創造。他願拖「四十二生的大砲」，爲文學革命的前趨；於是他所主編的新青年，成了文學革命的衝鋒武器。」

…………

胡適和陳獨秀一樣．也是新興資產階級的代言人。他的『八不主張』的提出，算是文學革命的第一砲。他的『八不主張』是：

(一)須言之有物——不做沒有情感，沒有思想的文章。『文學無此物，便如無靈魂無腦筋之美人，雖有穠麗富厚之外觀，抑亦末矣．近世文人沾沾於聲調字句之間，既無高遠之思想。又無眞摯之情感，文學之衰微，此其大因矣。此文勝質之害，所謂言之無物者是也。欲救此弊，宜以質救之。質者何？情與思二者而已。』

(二)不摹仿古人——『文學者，隨時代而變遷者也。一時代有一時代之文學：周秦有周秦之文學，漢魏有漢魏之文學，唐宋元明有唐宋元明之文學。此非吾一人之私言，乃文明進化之公理也。……此可見文學因時進化，不能自止。唐人不當作商周之詩，宋人不當作相如子雲之賦，——即令作之，亦必不工。逆天背時，違進化之跡，故不能工也。』

(三)須講文法——『不做不合文法的文章。如「爲人作嫁」(可恨年年壓針線，爲他人作嫁衣裳)；又如杜甫詩 「香稻啄餘鸚鵡粒，碧梧棲老鳳凰枝。」是謂不通。』

(四)不作無病之呻吟——『今之少年往往作悲觀，其取別號則曰「寒灰」、「無生」、「死灰」；其作爲詩文，則對落日而思暮年，對秋風而思零落，春來則惟恐其速去，花開則惟懼其早謝；此亡國之哀音也。……而徒爲婦人醇酒喪氣失意之詩文者，尤卑卑不足道矣！』

(五)務去爛調套語——『今之學者，胸中記得幾個文學的套語，便稱詩人。其所謂詩文，處處是陳言爛調，「蹉跎」、「身世」、「寥落」、「飄零」、「蟲沙」、「寒窗」、「斜陽」、「芳草」、「春閨」、「愁魂」、「歸夢」、「鵑啼」、「孤影」、「雁字」、「玉樓」、「錦字」、「殘更」、……之類，纍纍不絕，最可憎厭。』

(六)不用典——『吾所謂「典」者，謂文人詞客不能自己鑄詞造句以寫眼前之景，胸中之意，故借用或不全切，或全不切之故事陳言以代之，以圖含混過去：是謂用「典」……』

(七)不講對仗『…後世文學末流，言之無物，乃以文勝；文勝之極，而駢文律詩興焉，而長律興焉。駢文律詩之中非無佳作，然佳作終鮮。所以然者何？豈不以其束縛人之自由過甚之故耶？(長律之中，上下古今，無一首佳作可言也。)今日而言文學改良。當「先立乎其大者，」不當枉廢有用之精力於微細纖巧之末：此吾所以有廢駢廢律之說也。…』

(八)不僻俗字俗語——『……然以今世歷史進化之眼光觀之，則白話文學之爲中國文學之正宗，又爲將來文學之利器，可斷言也。(此「斷言」乃自作者言之，贊成此說者，今日未必甚多也。)以此之故　吾主張今日作文作詩，宜採用俗語俗字，與其用三千年前之死字，(如「於鑠國會，遵晦時休」之類，)不如用二十世紀之活字；與其作不能行遠不能普及之秦、漢、六朝文字　不如作家喻戶曉之水滸西遊文字也。』——文學改良芻議

胡適的『八不主張』和陳獨秀的『三大主張』，一樣的在文學形式上內容上，打破封建社會享樂的趣味的裝飾的『死文學』建設實際應用的『活文學』。後來他把他的『八不主張』，改

成了肯定的口氣，總括作四條：

(一)要有話說，方纔說話。

(二)有什麼話，說什麼話；話怎麼說，就怎麼說。

(三)要說我自己的話，別說別人的話。

(四)是什麼時代的人，說什麼時代的話。(胡適文存七九頁)

後來他又寫了一篇建設的文學革命論，用十個字來代表他們的主張。這十個字是：『國語的文學，文學的國語』。他說：『我們所提倡的文學革命，只是要替中國創造一種國語的文學。有了國語的文學，方才可有文學的國語。有了文學的國語，我們的國語才可算得眞正國語。國語沒有文學，便沒有生命，便沒有價值，便不能成立，便不能發達。這是我這一篇文的宗旨。』(見建設的文學革命論。)他又指出創造新文學的進行次序，他以爲應分三步：第一步是先預備下創造新文學的工具，換句話說，就是多讀和多作白話文學；第二步是多繙譯些西洋的文學名著，來做我們的模範，使我們能够有一種好的文學的方法；第三步是自己去創作，去創造中國的新文學。

胡先生回國的時候，正是中國新興資產階級担負了時代的使命，向封建社會澈底進攻的前夜，而胡先生於是變成了新文化運動鬥爭中的領導人物。他反對封建社會的一切遺制，他運用賽因斯的評判精神，要重新估定它的價值：

（一）對於習俗相傳下來的制度風俗，要問：『這種制度現在還有存在價值嗎？』

（二）對於古代遺傳下來的聖經賢傳，要問：『這句話在今日還是不錯嗎？』

（三）對於社會上糊塗公認之行爲與信仰，都要問：『大家公認的就不會錯了嗎？人家這樣做，我也該這樣做嗎？難道沒有別樣做法比這個更好，更有理，更有益的嗎？』——（見新思潮的意義。）

胡先生用評判的態度，重新估定封建社會的一切價值，是要建設適應新時代的新觀念體系，看他對於文學革命的主張：『我想我們提倡文學革命的人固然不能不從破壞方面下手。但我們仔細看來，現在的舊派文學實在不值得一駁。什麼桐城派的古文哪，文選派的文學哪，江西派的詩哪，夢窗派的詞哪，聊齋誌異派的小說哪——，都沒有破壞的價值。他們所以還能存在國中，正因爲現在還沒有一種眞有價值，眞有生氣，眞可算作文學的新文學起來代他們的位置。有了這種「眞文學」和「活文學」，那些：「假文學」和「死文學」，自然會消滅了。所以我希望我們提倡文學革命的人，對於這些腐敗文學，個個都該存一個「彼可取而代也」的心理，個個都該從建設一方面用力，要在三五十年內替中國創造出一派新中國的活文學。』（建設的文學革命論。）胡先生這種主張，在目前看來，似乎很平淡無奇；但在民國六、七年，不啻向古舊的文壇擲一個特號炸彈。引起國內學術界的震撼。當時有贊同的，有反對的，輿論紛騰，羣疑莫釋。

……………

錢玄同先生，是古文家章炳麟先生的高足弟子；爲人文理密察，雅善持論。文學革命時其力量非小。雖沒有較多的文字發表，但聲勢是很大的。我們檢舉他的文章如下：

(一)寄陳獨秀書（一九一七年二月二十五日。）

胡適先生雖然主張『不用典』，但又謂『工者偶一用之，未爲不可。』錢先生以爲『凡用典者，無論工拙；皆爲行文之疵病。』他說：『後世文人無鑄造新詞之材力，乃競趨於用典，以欺世人；不學者從而震驚之，以淵博而稱譽；於是習非成是，一若文不用典，即爲儉學之徵。此實爲文學窳敗之一大原因。』他又說：『文學之文用典，已爲下乘。若普通應用之文，尤須老老實實說話，務期老嫗能解；如有妄用典故，以表象語代事實者，尤爲惡劣。』他這種富有硬性的主張，實爲直截痛快之論。在當時的影響是很大的。

其次，在他這封信上的要點，是對於舊小說的批評。他認爲燕山外史，聊齋誌異，淞隱漫錄等書，全篇不通。他說：『舊小說中十分之九，非誨淫誨盜之作，（誨淫之作從略不作舉。誨盜之作，如七俠五義之類是。紅樓夢斷非誨淫，實是寫驕侈家庭，澆漓薄俗，腐敗官僚，紈袴公子耳。水滸尤非誨盜之作，其全書主腦所在，不外「官逼民反」一義，施耐菴實有社會黨人之思想也。）即神怪不經之談；（如西遊記，封神傳之類。）否則以迂謬之見解，造前代之野史；（如三國演義，說岳之類。）最下者，所謂「小姐後花園贈衣物」，「落難公子中狀元」之類，千篇一律，不勝縷指。故小說誠爲文學正宗，而前此小說之作品，其有價値者乃極少。』他以爲舊小說中之有價値者，不過施耐菴之水滸，曹雪芹之紅樓夢，吳敬梓之儒林外史，李伯元之官場現形記，吳趼人之二十年目睹之怪現狀，曾孟樸之孽海花六書耳。劉鐵雲之老殘遊記，他僅推許毓賢殘民以逞一般爲佳，其他所論，他批評曰：『大抵皆老新黨頭腦不甚淸晰之見解。』尤其是黃龍子論『北拳南革』一段，他認爲是『信口胡柴』無價値之可言。

（二）寄胡適之書（二十世紀第十七年七月二日）。

這封信的大意爲：

（1）金瓶梅是下流社會的寫實文學。若拋棄一切世俗見解，以文學的眼光去觀察，則其位置，固亦在第一流也。

(2)嘗試集太文，沒有脫離舊詩詞的老套。如月第一首後二句，是文非話，月第二首及江上一首，完全是文言；又胡適之的白話詞采桑子等也太文。

(3)三國演義思想太迂腐，文筆也很笨拙。

(三)嘗試集序的大意：

(1)古時言文一致

(2)言文分離的原因：

a.給獨夫民賊弄壞的；

b.給一般文妖弄壞的；

甲、模仿駢文的文妖

乙、模仿古文的文妖

(四)與陳獨秀討論文字符號書

『中國文字，論其字形，則非拼音而爲象形文字之末流，不便於識，不便於寫。論其字義，則意義含糊，文法極不精密。論其在今日學問上之應用，則新理新事新物之名詞，一無所有。論其過去之歷史，則千分之九百九十九爲記載孔門學說及道教妖言之記號。此種文字，則斷斷不能

適用於二十世紀之新時代……』（見獨秀文存第三本）

總之，文學革命發端時，一般抱着所謂國粹不掉的先生們，以為胡適是留美學生，他來推翻中國的寶貝，有媚外的嫌疑，大家對於他自然是反對的了。錢玄同是國學大師章太炎的學生，對於中國文字學很有研究。因此一般人不用說是注意他的言論的。自他參加了文學革命以後，文學革命的聲勢，突然大起來了。

…………

劉復先生，也是一位新青年時代，文學革命的戰士。一九三四年（民二十三）夏天，他冒暑長征，考察方言，不料竟以身殉學，於當年七月間遽然長逝了！關於他在文壇上的平生事蹟，他的朋友胡適、錢玄同、周作人諸先生，說的很詳細！特地寫在下面：胡適先生說：『半農在民國六年以前，係在上海禮拜六等雜誌上投稿，自己也承認是紅男綠女派的小說家。嗣後即對新文學竭力提倡，對於散文韻文等，尤有相當之改進。』錢玄同先生說：『半農先生在過去，為一禮拜六派文人，繼為一文學革命家，末為一語言學家，此為人所共知。他一生治學的階段，就余個人意見，約可分為三個階段：（一）由民國六年至民國八年，在此時期，為其脫離禮拜六派而參加新青年之時期，伊對文學革命，極其熱心，而於文學革命之建樹亦極大。當時伊曾在新青年上發表兩篇文章：一爲我之文學改良觀，一爲詩與小說之精神革新論。該兩文實爲當時新文學之有力呼聲(二)爲民國八年至民國十四年，爲其在法國治學時期，正努力於語言之研究。（三）由十四年到現在，爲劉氏在學術上之成功時期。吾人對於劉氏生平事業，不願予以批評，有人論爲博而不精，吾人亦不否認，但彼治學爲人，確值得令人欽佩。至於有人宣傳劉半農僅爲一無聊之打油詩人，捧賽金花之文氓等等，而埋沒其爲一音韻學家，一具有偉大精神文學者之人，吾人應認之爲惡意宣傳。」周作人先生又說：『我覺得劉先生一生，即是一個「眞」字。就他寫文章一事，即可看出。他寫文章，雖則是愛駡人，但不是惡意的。這是他最大的毛病，亦是最大損失。他不會投機，亦不會說人愛聽的話，雖引起了誤會，亦是在所不惜的。這都是表現他一生眞的表現。』

由胡、錢、周諸先生的報告中，我們得悉劉復博士的事略。但是，我覺得劉先生最可欽佩處，不在胡適先生所說的『拚命精神』，也不在周作人先生所說的『眞』，而在他的不慕榮利，淡泊寧靜。談到這一點，我們替中國學術界可憐得很。一般比較有地位，有聲望的學者們，剛一得到學者頭銜，就往政治舞台上攢。在目前的中國社會裡，政客而兼學者的人物，眞是多如過江之鯽。他們的學識和思想，日在退步，他們的言論和行爲，日在開倒車；然而他們始終自覺是中國第一流學者。這個現象是中國學術界永無進步的最重要癥結；同時也是最可憐的一個現象。我們如以這個標準，來衡量當今學者，則劉半農先生眞是最可佩服的了。

半農先生死後，當代學者的哀歌輓辭，不用說是很多，不過能追述劉之生平事蹟者，當推錢胡兩先生。茲錄之如后：

(一)錢玄同

『當編輯「新青年」時，全仗帶感情的筆鋒，推翻那陳腐文章，昏亂思想；曾仿江陰「四句頭山歌」，創作活潑清新的「揚鞭」「瓦釜」。回溯在文學革命旗下，勳績弘多；更於世道有功，是痛詆亂壇，嚴斥「臉譜」。

自首建「數人會」後，親製測語音的儀器，專心於四聲實驗，方言調查；又纂「宋元以來俗字譜」，打倒煩瑣謬誤的「字學舉隅」。方期對國語運動前途貢獻無量；何圖哲人不壽，竟禍起蟣虱，命喪庸醫。』

(二)胡適之

守常慘死，獨秀幽囚，如今又弱一個。

拚命精神，打油風趣，後起還有誰呢？

又賽金花輓聯為：『君是帝旁星宿，下掃濁世粃糠，又騰身騎龍雲漢。儂慚江上琵琶，還惹後人揮淚，謹拜手司馬文章。』旁註：『不佞命途崎嶇，金紛鈇血中幾閱滄桑，巾幗髮眉，愧不敢當，而於國難時艱，亦曾乘機自效，時賢多能道之。半農先生，爲海內文豪，偶爲不佞傳獻，其高足商鴻逵君助之，未脫稿而先生溘逝。然此作必完成於商君之手，臨輓曷勝悲感。魏趙靈飛拜執。』

以上所引，固多褒辭，然半農先生之平生事蹟，可於其中知其梗概矣。茲特檢舉劉先生「我的文學改良觀」一文之要點如下，藉以明瞭其文學革命的具體主張：

(一)散文之當改革者三：

a.破除迷信——『此破除迷信四字，似與胡君第二項「不摹仿古人」之說相同。其實却較胡君更進一層。胡君僅謂古人之文不當摹仿；余則謂非將古人作文之死格式推翻，新文學決不能脫離老文學之窠臼。古人所作論文，大都死守「起、承、轉、合」四字。……五輩心靈所至、儘可隨意發揮。萬不宜以至靈活之一物，受此至無謂之死格式之束縛。』

b.文言白話可暫處於對待的地位。

『何以故？曰：以二者各有所長，各有不相及處，未能偏廢故。……於文言一方面，則力求其淺顯，使與白話相近。於白話一方面，除竭力發達其固有之優美外，更當使其吸收文言所具之優點，至文言之優點盡爲白話所具，則文言必歸於淘汰，而文學之名詞，遂爲白話所獨據，固不僅正宗而已也。』

c.不用不通的字

『如商頌「下國駿厖」周頌「駿發爾私」之駿字，均作「大」字解，與武成「侯衛駿奔」、管子「弟子駿作」之駿字，均作「速」字解，其拙劣不通，實不讓於用典。』

(二)韻文之當改者三：

a.破壞舊韻重新造韻

『……雖然，舊韻既廢，又有一困難問題發生，即讀音不能統一是。不佞對於此問題，有解決之法三：

甲、作者各就土音押韻，而注明何處土音於作物之下。此實最不妥當之法。然今之土音，尚有一着落之處，較諸古音之全無把握，固已善矣。

乙、以京音爲標準，由長於京語者造一新譜，使不解京語者有所遵依。此較前法稍妥，然而未盡善。

丙、希望於「國語研究會」諸君，以調査所得，撰一定譜，行之於世，則盡善盡美矣。』

b.增多詩體

『……於有韵之詩外，別增無韵之詩。則在形式一方面，既可添出無數門徑，不復如前此之不自由。其精神一方面之進步，自可有一日千里之大速率。彼漢人既有自造正言詩之本領，唐人既有自造七言詩之本領，吾輩豈無五言七言之外，更造他種詩體之本領耶！』

c.提高戲曲的地位

甲、無論南詞北曲，皆須用當代方言之白描筆墨爲之。

乙、崑劇應退居於歷史的藝術之地位。

丙、改良西皮二簧。

(三)形式的改革

a.分段落；

b.加句讀；

c.代名詞的第三身用「他」、「她」、「牠」。

半農先生之文學改良觀，其大意已如上述。其最足喚起文學界注意者約有兩點，一為改造新韻，一為今語作曲。十餘年來，劉先生正從事於斯二者之研討，不料其志未竟而身先亡，惜哉！

……………………

周作人先生以為文學是表現人生的，所以他所主張的文學革命運動，也必須向着人道主義的方向前進，凡違反人道摧殘人性的文學，都應該在擯棄之列。他在人的文學上說：

我們現在應該提倡的新文學，簡單的說一句，是「人的文學」，應該排斥的，便是反對的非人的文學。新舊這名稱本來很不妥當，其實「太陽底下，何嘗有新的東西？」思想道理，祇有是非，並無新舊。要說是新，也單是新發現的新，不是新發明的新。……我們要說人的文學，須得將這個人字，略加說明。我們所說的人，不是世間所謂「天地之性人為貴」或「圓顱方趾」的人。乃是說「從動物進化的人類。」其中有兩個要點：（一）「從動物」進化（一二）從動物「進化」的。……人的文學，當以人的道德為本，這道德問題方面很廣，一時不能細說。現在只就文學關係上略舉幾項。譬如兩性的愛，我們對於這事，有兩個主張：（一）是男女兩本位的平等，（二）是戀愛的結婚。世間著作有發揮這意思的，便是絕好的文學周先生在人的文學裡，關於親子的愛，他主張不應該抹殺天然的愛，同時也不應該視子如牛馬。他還主張要按着時代去批評人，不應該立在現階級的立場上去批評。這是他在當時獨到的見解。有人說：『胡適的文學改良芻議奠定了新文學的形式，周作人的人的文學奠定了新文學的內容。』這個批評，很有幾分道理，該不至於是過分吧！

第五節　五四運動與文學革命

鴉片戰爭以後，帝國主義的商品與文化，次第瀰漫中國。我們閉關自守的長城，已爲人家的商品所粉粹，封建社會因此起了動搖。經過辛亥革命，封建體制的外形崩潰了，但封建的核心，殘物，仍是根深蒂固，牢不可拔。因此，反帝反封建文化的五四運動，不能不暴發了。所謂封建體制，如同小孩時代的衣裳一樣，孩子大了，這種衣裳不特不適用，而且可以阻碍孩子的發育。故封建時代的一切遺物，不能不動搖。新青年在當時，不僅在提倡文學革命，它的其次工作便是排孔與反禮教。因爲孔子所講的是帝王的起居，他莫有講資本家打算盤去賺錢。爲了反封建文化，所以當時的行動，是一致的進攻孔家店。

五四運動，是中國思想解放，文藝復興的一個序幕，牠的意義，若以擴大的眼光，從文化史方面立脚下起論斷來，當然有許多的意義可說，因爲溢出文學範圍以外，所以不提。我們且單純地來談一談五四運動在文學上的意義。

五四運動打破中國文學上傳統的鎖國主義；自此以後，中國文學便接上了世界文學洪流，而成爲世界文學的一枝一葉。同時五四運動在文學上促生的新意義，是自我的發現。自我發現之後，文學的範圍就擴大，文學的內容和思想，自然也就豐富起來了。北歐的易卜生，中歐的尼采，美國的霍脫曼，俄國十九世紀諸作家的作品，在這時候，在中國下了根，結了實。

其次，我們以爲文言的廢除，白話的風行，很得力於五四運動。當時學生運動的團體，爲了宣傳的原故，刊行無數的小報紙。這些小報紙，都是用白話做的。同時白話的新雜誌，也日多一日。這樣一來，文學革命運動的發展，大有一日千里之勢。胡適先生說：

『民國八年的學生運動雖是兩件事，但學生運動的影響能使白話的傳播遍於全國，這是一大關係；況且「五四」運動以後，國內明白的人漸漸覺悟「思想革新」的重要，所以他們對於新潮流，或採取歡迎的態度，或採取研究的態度，或採取容忍的態度，漸漸的把從前那種仇視的態度減少了，文學革命運動因此得自由發展，這也是一大關係。』（胡適五十年來中國之文學）

五四運動的上一年冬季，陳獨秀等又辦了一個每週評論，裏面用白話做的短文及政治小評很多。同時北大學生羅家倫、傅斯年、汪敬熙等也出了一種白話月刊，取名新潮。這時候白話文學運動，已獲得多數青年的同情與贊助。民國八年春天，北京國民公報也有幾篇響應的白話文字，同時各地報紙雜誌聞風響應的也日有所聞。到了五四運動正激烈的時候，白話雜誌刊物，更爲盛行。有人估計民國八年的白話報章雜誌，有四百多種。內中如上海的星期評論、建設、多年中國、覺悟。（民國日報附刊，邵力子等主辦。）解放與改造等．在新文化運動上都有很好的貢獻。一年以後，白話文更佔優勢。各日報多有白話文的副刊，其內容多爲白話的論文、譯著、小說、新詩、如北京晨報副刊、上海時事新報的學燈，都是這類的主要刊物，其對於學術思想，均很有貢獻。民九以後、東方雜誌、小說月報等，也都改爲白話，到了現在，白話文的根基．已深入地下了。那些提倡讀經的封建軍閥和老學究們是無法鏟掉這個根基的。

第六節　文學革命的反響

當文學革命運動．正在銳進的時候，反對派越發加緊他們的反對工作。北京大學內部的反對份子，也出了一個國故，一個國民，向白話文學爲難。還有些古老的份子，竟想利用安福系武人政客的力量來彈壓這個白話文運動，但沒有結果。反對派的首領是林紓，他在中華新報上做了幾篇影射小說，微言諷刺北京大學的人。其中有一篇妖夢，用元緒影蔡元培，陳恒影陳獨秀，胡亥影胡適，裡面的情節，是詆毀蔡陳胡的文學革命言論。還有一篇荊生，寫田必美（陳）金心異（錢）狄莫（胡）三人聚於陶然亭．田生大罵孔子，狄生主張白話，忽然隔壁來了一個偉丈夫，把三人痛罵一頓，並各施以責打。茲錄其中之一段如下：

　　趨足超過破壁，指三人曰：「汝適何言……………爾乃敢以禽獸之言，亂吾清聽！」田生尚欲抗辯，偉丈夫駢二指按其首，腦痛如被錐刺，更以足踐狄莫，狄腰痛欲斷。金生短視，丈夫取其眼鏡擲之，則怕死如蝟，泥首不已。丈夫笑曰：「爾之發狂似李贄，直人間之怪物。今日吾當以香水沫吾手足，不應觸爾背天反常禽獸的軀幹。爾可鼠竄下山，勿汚吾簡。……………留爾以俟鬼誅。」

　　在這篇小說的末尾，有林紓的附論：「如此混濁世界，亦但有田生狄生足以自豪耳！安有荊生？」由此可見反對言論之一斑了。

　　民國八年三月間，林紓寫信給蔡元培，攻擊新文學運動；蔡元培也寫長信答覆他。這兩封信很能代表新舊兩方面的意見，故將其要點錄之於後：

　　林紓致蔡元培書要點：

大學爲全國師表，五常之所係屬。近者謠諑紛集，我公必有所聞，弟亦不無疑信。或且有惡乎闒茸之徒，因生過激之論。不知救世之道，必度人所能行，補偏之言，必使人以可信。若盡反常軌，侈爲不經之談，則毒粥既陳，旁有爛腸之鼠，明燎宵舉，下有聚死之蟲。何者？趨甘就熱，不中其度，未有不斃者。方今人心喪敝，已在無可挽救之時，更多奇創之談，用以譁衆，少年多半失學，利其便已，未有不麋沸麕至而附和之者，而中國之命，如屬絲矣。晚清之末造，慨世之論者，恆曰去科學，廢八股，斬豚，復天足，逐滿人，撲專制，整軍備，則中國必强。今日凡皆逐矣、强又安在？於是更進一解，必覆孔孟，剷倫常爲快。嗚呼！因童子羸弱，不求良醫，乃追責其二親之有隱瘵，逐之而童子可以日就肥澤，有是理耶？……弟年垂七十，功名富貴，前三十年，視若棄灰；今篤老，尙抱守殘缺，至死不易其操，……且天下唯有眞學術、眞道德，始足獨樹一幟，使人景從，若盡廢古書，行用土語爲文字，則都下引車賣漿之徒所操之語，按之皆有文法，不類閩廣人爲無文法之啁啾，據此則凡京津之稗販，均可用爲教授矣。……大凡爲士林表率，須圓通廣大，據中而立，方言率由無弊；若憑位分勢力而施趨怪走奇之教育，則惟穆罕默德左執刀而幼傳敎，始可如其願望。今全國父老以子弟託公，願公留意，以守常爲是。……

……………

蔡元培答林紓書要點：

公書語長心重，深以外間謠諑紛集，爲北京大學惜，甚感！惟謠諑必非實錄，公愛大學，爲之辨正可也。今據此紛集謠諑，而加以責備，將使耳食之徒，益信爲實錄，豈公愛大學之本意乎？原公之所責備者，不外兩點：一曰「覆孔孟，剷倫常。」二曰「盡廢古書，行用土語爲文字，」請分別論之。對於第一點，當先爲兩種考察，(甲)北京大學教員，曾有以「覆孔孟，剷倫常，」教授學生者乎？(乙)北京大學教授，曾有於學校以外發表其覆孔孟，剷倫常」之言論者乎？……對於第二點，當先爲三種考察，(甲)北京大學是否已盡廢古文，而專用白話？(乙)白話是否能達古書之意？(丙)大學少數教員所提倡之白話的文字，是否與引車賣漿者所操之語相等？……至於弟辦大學，則有兩種主張如左：(一)對於學說，仿世界各大學通例，循思想自由原則，取兼容幷包主義，與公所提出之「圓通廣大」四字，頗不相背也。無論爲何種學派，苟其言之成理，持之有故，尙不達自然淘汰之運命者，雖彼此相反，而悉聽其自由發展。此義已於月刊之發刊詞言之，鈔奉一覽。(附錄北京大學月刊發刊詞從略)(二)對於教員以學詣爲主。在校講授，以無背於第一種主張爲界限。其在校外之言動，悉聽自由，本校從不過問，亦不能代負責任。……

蔡元培先生也主張白話。所以他說：『我們中國文言同拉丁文一樣，所以我們不能不改用白話。……雖現在白話的組織不完全，可是我們決不可錯了這個趨勢。』他又說：『我敢斷定白話派一定占優勝。……將來應用文一定全用白話；但美術文或者有一部分仍用文言。』後來蔡先生本着這個主張，去做白話文章。

……………………

林蔡之爭辯，是民國八年三月中間的事。到了民八四月，又有羅家倫與胡先驌的爭辯。胡先驌先生做了一篇中國文學改良論，把文學革命的人，痛罵了一頓；同時拿出「國粹」的名詞，來勉勵一班青年，不要受怪論奇說的鼓動。他說：『某不佞，亦曾留學外國，寖饋於英國文學。略知世界文學之源流。』因此，一班所謂『燒料國粹家』。很信服他的話，並且拍手稱快道：『好了！好了！提倡中國文學革命的學說倒了！因爲近來出了一位「學貫中西」的胡先驌先生做了一篇中國文學改良論，把他們這班文學革命的人罵得反舌無聲，再也不申辯；並且把他們的黑幕，一律揭穿，痛快！痛快！痛快！』不料胡先生的文章發表後，羅家倫先生就做了一篇駁胡先驌君的中國文學改良論，同時並解答胡先驌對於白話文學的幾種疑難。胡羅兩先生的文章都很長，且將其要點臚列於後.

一、胡先驌的主張：

(甲)言文不能合一。

a.白話用字太少；

b.口語多寫實，文言多抽象；

c.白話能勉强做小說，但不能做韵文。

d.白話容易變遷，不便後世；

e.做白話文不能保存古籍。

(乙)文學不要革命，只可改良。

a.白話可以用作通俗的教育工具；

b.大家應當做韓歐以還八大家及桐城派的文章；

c.此而不得，則亦嘗做新民叢報一派的文章，但是決不可以做白話。

d.文學只有『脫胎』，而無『創造』

二、羅家倫的反駁：

a.文學要有人生的價值，

b.文學要有時代的價值，

c.要注重分析研究的價值。

（按：胡之文，意義文詞，均甚籠統而不着邊際。羅把各段分開來駁，藉以辨明胡先驌先生對於文學革命和中西文學的誤解；但因文詞過長，不便引出，故只好從略。）

…………

學衡雜誌出版於民國十一年，其中堅人物爲吳宓胡先驌梅光迪諸人。他們的宗旨，自述是『論究學術，闡求眞理。昌明國粹，融化新知。以中正的眼光，行批評之職事。無偏無黨，不激不隨。』他們的發刊宣言，約言之，共有四點：

一、誦述先哲之精言以翼學；

二、解析宇宙名著之共性以郵思；

三、籀繹之作必趨雅音以崇文；

四、平心而言，不事謾罵以培俗。

他們對於新文化運動，文學革命運動，常常加以抨擊，但也說不出什麼健全的理由來。如梅光迪在他的評提倡新文化者一文裡說：

吾國文學，漢魏六朝則駢體盛行，至唐宋則古文大昌，宋元以來又有白話體之小說戲曲。彼等乃謂隨時而變遷，以為今人當興文學革命，廢文言而用白話。夫革命者，以新代舊，以此易彼之謂。若古文之遞興，乃文學體裁之增加，實非完全變遷，尤非革命也。誠如彼等所云，則古文之後當無駢體；白話之後當無古文。而何以唐宋以來文學正宗與專門名家皆為作古文或駢體之人，此吾國文學史上事實，豈可否認以圓其私說者乎？

梅先生遺篇文章，一部分是批評胡適，歷史的文學觀念論，所以胡適反駁道：『正因為古文之後還有那背時的駢文，白話已興之後還有那背時的駢文古文，所以有革命的必要。若古文之後無駢體，白話之後無古文，那就用不着誰來提倡有意的革命了。』

評提倡新文化者一文之大意為：古文與白話之遞興，乃體裁之增加，絕不是革命；模仿西人，僅得其糟粕，若模仿古人，可得其精華；五四以來的學生，為政客所利用，時啓無故之釁，於是神聖學校，乃為萬惡之府，梅氏大罵提倡新文學者道：

一、彼等非思想家乃詭辯家也，

二、彼等非創造家乃模仿家也，

三、彼等非學問家乃功名之士也，

四、彼等非教育家乃政客也。

梅氏又做評今人提倡學術之方法一文，大發反對之論調。他說：

夫國人談及官僚軍閥，莫不痛心疾首，以爲萬惡所從出；獨對於時髦學術家，無施以正當之批評者。然吾以爲官僚軍閥，盡人皆知其害，言之甚易動聽。若時髦學術家，高張改革旗幟，以平行敗壞社會之謀，其害爲人所難測。即有知之者，或以其冒居清流之名，不忍加以苛責；或以其爲衆好所趨，言之取戾。然終不之言，則其遺害日深，且至不可挽救。吾願國人無爲懦夫鄉愿，本良知毅力以發言，則此代表國民性中弱點之學術界，庶有改造之望耳！

他如吳宓先生的論新文化運動，胡先驌先生的評嘗試集，李思純先生的與友人論新詩書等文，都是極端的反對文學革命。只因爲時代巨輪的前進，竟把學衡派諸先生的宏論，變成背叛時代的謬論了。

……………………

自林紓以至學衡派，他們對於『文學革命』的態度，以及他們對於文學的主張，上面已略略說過了。現在接述章士釗的反新文化運動，反文學革命運動。第一我們先看他的整個思想：

一、他的經濟思想，爲以農立國的絕對主張。他反對以工業立國。由此可見他的封建意識，是很濃厚的。

二、他的教育思想，爲讀經救國。他主張大學校設經科，他做教育總長時，曾竭力做讀經救國的工作。

三、他的人生觀，是孝弟力田的人生觀。

看了他三位一體的復古思想，就可知他反對文學革命的激烈了。他主辦的甲寅周刊，專門發表反對新文化的言論。這個刊物發行於一九二五（民國十四年），恰在段執政時代，他正在做司法總長兼教育總長。甲寅周刊的宗旨他自述曰：

……愚之甲寅，半是闡發個性。作者雖形能無似，而稍擅文辭，兼通治理，好預世故，出入羣倫。其所行事，期於無甚不可告人之處。而又篤信近世心解諸學，意在表襮人類之弱點。無人無己，俱使自鏡；然後治爲同德，盡人可由。丁斯世也，當然有一部分心思嗜好希望感情叢焉寄之，使之代主坫壇，與世共見；用是範作中心，成爲文匯。今天下相同相類甚且相反之情之意之志，一人自狀，百人同證，以質以劑，以循以環，人人了然於一時風會之所共趨，因革損益之所宜出，是非大之有裨於世道人心，而小之文人所當滿意躊躇之勝事乎？

他這個刊物，代表了反新文化運動，反新文學運動者的論調。他說：『丁斯世也，當然有一部分心思嗜好希望感情叢焉寄之，使之代主坫壇。』這個刊物，便是這一部分人的喉舌。不過因爲新的勢力已經植基很深，所以他們的反對言論，也不發生效力了。章士釗說：

> 胡君首言新文學運動，其名早立，其義未始一講。久矣此事成爲過去，風行草偃，天下皆默認焉。今茲舊事重提，蓋有思想頑固之人，出而反抗，吾不得已而爲之云云。嘻！奇已！若而運動，行之已七八年，舉國趨之若狂，大抵視爲天經地義，無可畔越。乃主之者竟無所以處此，即有亦卷而懷之，未嘗明白示人。事關百年至計，盲從而蠢動，不求甚解，一至於是，寧非至怪？（評文學運動。）

新文學運動的產生，有他的歷史背景，並不是幾個少數人有超人的魔力，把它從天國掀出來，正因爲如此，所以它纔能『風行草偃』，『舉國趨之若狂。』要不然，早被林紓胡先驌梅光迪等的筆尖推倒了，那能勞得起章先生再來說：『愚以職責所在，志慮攸關，不敢苟同以阿於世。』由此看來，凡適合大衆要求，順應時代潮流的東西，總不會因反對者的反對而消影斂跡，而且會突飛猛進的。章先生在二十世紀的今日，高唱『禮文約束論』，實在是『寧非至怪』了。我們現在看他反對白話文的理由，他說：

……今之束髮小生，握筆登先，名流巨公，易節恐後。詩家成林，作品滿街。家家自命爲施曹，人人自詡爲易莫。風流文采，盛極一時，何莫非至易至美兩性同具之新發明。導之至此！嗚呼！以鄙倍妄爲之筆，竊高文美藝之名；以就下走壙之狂，墮載道行遠之業；所謂俗惡俊異，世疵文雅。文歟？化歟？愚竊以爲欲進而反退，求文而得野。陷青年於大阱，顛國本於無形。甚矣運動方式之誤，流毒乃若是也！……（評新文化運動）

他又說：

……自白話文體盛行而後，髦士以俚語爲自足，小生求不學而名家。文事之鄙陋乾枯，迥出尋常擬議之外。黃茅白葦，一往無餘；誨盜誨淫，無所不至。此誠國命之大創，而學術之深憂，士釗所爲風雨徬徨，求通其志，亙數年而不一得當者也一……（擬辦國立編譯館呈文。）

他反對白話文的理由：一爲白話文太俗俚難登大雅之堂；二爲白話文太繁瑣，言詞多不清晰；三爲白話文詞類太少，不能如意表現；四爲白話文太難做，雖費力爲之而仍難獲佳作。他這幾個理由，早被從事新文學運動的人。駁得站不住了。

章士釗先生，是個倔強不屈的人，你要罵他思想太舊嗎？他却自認是主張新舊調和的，以爲『宇宙進化之祕密全在乎調和。』你要罵他開倒車嗎？他便和你說開倒車。你要罵他反動嗎？他便以反動自居。（以上見進化與調和、說輯、反動辨各文）這麼看來，咱們總得佩服他那種倔强不屈的態度。和他駁論的人很多，如唐鉞的文言文的優勝，告恐怖白話的人們，現代人的現代文（均見中國史的新頁）高一涵的那里稱得起反動，郁達夫的咒甲寅十四號評新文化運動，都是駁斥或針對着他的主張而作的。（均見現代評論）又如魯迅的華蓋集（一部分），吳敬恒的廣說輯，章士釗——陳獨秀——梁起超，讀經救國，我們所請願於章先生者；都是嘲諷章士釗的文章，其中以吳先生的文章做得很有趣，他說：

……我在京報副刊上論到章先生個人，曾說：『他的謬誤，我還相信不在他良心上，還在他讀那牢什子的烏柳文。』那種烏柳文，游戲的讀讀還好。若被他一道金剛箍套住了頭，眞是個人的倒楣。我雖略識之無，不配談到文學，但謬妄的盍各言志，也誰還能來禁我。所以三十歲以前，也曾從經生想到文人，也想將來過了六十，到孔老二刪詩書定禮樂的年，在詞林文人裏頭有一席位置。乃三十歲的六月，住在北京官菜園上街鎮江館，有位丹陽朋友，乘我出門，在我桌上放一紙條規我曰：『學劍不成，學書不成，勇而無剛，朝史暮經。三十之年，胡亂混混。』我看了很懊喪。晚上讀曹植與楊修書，他說：『昔揚子雲先朝執戟之臣耳，猶稱壯夫不爲也。吾雖德薄，位爲蕃侯，庶幾戮力上國，流惠下民，建永世之業，留金石之功。豈徒以翰墨爲勳績，辭賦爲君子哉？』就想扔了那牢什子的文史，還是學劍。到明年，還到家鄉，在小書攤上得到一部『豈有此理』，（按即何典）他開頭便說『放屁放屁，眞正豈有此理。』忽然大澈大悟，決計薄文人而不爲。偶涉筆，即以放屁放屁，眞正豈有此理之精神行之。再過一年，在南洋公學，有位陳先生，復相約投中國書於毛厠，從此不看中國書。到如今，幾乎成了沒字碑，然身上不帶鳥氣，不敢誤認我爲文人，這是很自負的。……

（我們所請願於章先生者）

這是吳敬恒的『放屁』文學論，章士釗謂讀經可以救國；吳敬恒則謂讀經可以做賊。章士釗崇拜柳宗元的文章，吳敬恒則稱柳宗元的文章爲鳥柳文。吳又以爲章已『走到牛角尖裏，灣到十八層幽谷。』故只好替章發喪！他在語絲上做了一篇友喪，（章士釗的訃告告）內容詼諧，錄之於後：

不友吳敬恒等，罪孽深重，不自殞滅，禍延敝友學士大夫府君。府君生于前甲寅，痛於後甲寅無疾而終。不友等親視含斂遵古心喪，甛（自注：非苦。）塊昏迷，不便多說。哀此訃聞。

魯迅在語經上做文章，也反對章士釗，章以教育總長的權威，把他逐出北京了。由此可見章先生反對文學革命的威風凛凛了。不過我們平心論之：章士釗的甲寅雜誌，使人知道中國文學『在古文範圍以內的革新』，他所做的『政論文章』，自有其時代上的價值。他的甲寅周刊，對於文學革命運動的流弊，有所糾正，確有一二獨到之處。但他始終是『敎詩說禮，孝弟力田』的人生觀，對於『君相師儒』的時代，總是不折不扣的推象，因此他痛恨白話文，痛恨提倡白話文的人，他實想以『斬草除根』的辦法，把新的生機根本推翻。像這樣趕不上時代的學術思想，那能不令人反對？

第十節　對於新青年派文學革命的批判

新青年派的文學革命理論，在第四節已具體的談過了。他們的眞實成績，我們認爲僅在封建的士大夫階級的文言文中，積極的爭到足以容納「德謨克拉西」的意識之白話文學之生存權；而其對後來文學之影響，也祇是這一點。我們就把握住這一點，來一個「整理國故」式的批判

新青年上關於文學革命的口號，我們把它總括起來，不外兩個：一個是『反對封建的，貴族的文學』，一個是『建設自由的，平民的文學。』舊文學在內容上是封建思想，在形式上是貴族趣味；新文學在內容上是自由思想，在形式上是反貴族趣味。所謂自由思想，就是打破傳統，尊

重個性，鼓勵創造，（創造適合於新社會的觀念體系。）因此新青年在文學上的革命口號，是和封建社會的貴族文學，極端對立；不過我們以為新青年的所謂『自由』，是新興資產階級的『自由』，新青年的所謂『平民』，只是以新興資產階級的暴發戶為代表，所以他們當年所標榜的『自由的，平民的文藝』，不外是『新封建的，新貴族的文藝』。

新青年派反對中國的舊思想，舊倫理，舊宗教，舊文學及封建文化的一切沉澱物，但都不是批判的揚棄，因為他們在政治方面的不澈底性，所以也決定在文化上的不澈底性。他們不能提出積極的文化以代替這殘骸朽屍。他們只憧憬着資本主義文化，喊出『賽因斯』『德謨克拉西』等空口號，要在思想上文藝上，及一切觀念體系上，建築起資產階級的鞏固寶塔。他們對於舊的無批判的放棄了，對於新的也無批判的在吸取。先說放棄舊的方面吧！可以稱為一致的反對孔老二，等到熱情稍減，胡適先生又提出讀線裝書，整理國故的問題，同時他列席了善後會議鼓吹好人政府。資本帝國主義的機關槍，開花炮，正在掃射中國的革命民衆時，而我們的胡先生，正鑽在爛字紙堆裏『咬文嚼字』的整理國故。我們現在再說接受新的方面：因為自已無批判的能方，呈現出的是萬花撩亂的現象。思想方面，從歐美介紹過來的有柏格森、尼采、杜威、杜禮舒、馬克斯等。然而，大都不過是皮毛而已。青年這時是無所適從的嘗嘗這樣，又嘗嘗那樣，他們能讀到的是一些簡略的介紹，並不能讀到這幾位外國先生的重要著作。因此當時的青年，大都做了信條的奴隸，沒有做思想的主人。

可是無論如何，新青年總有它的歷史價值，新青年派的人也有他們的歷史地位，因爲他們總多少告訴我們『不要怎樣』：譬如說，我們這一輩人大家不做律詩，不做駢文，這多少是好現象，而且多少可算是新青年派的成績。總括一句話，他們的成績，就是在掃除代表封建意識的舊文學。然而他們却根本沒有替我們解決『應該怎樣』的問題，而且每一談到這問題就意見紛歧，莫衷一是。即在整個文化運動上看，當時請來的決不祇是德賽兩先生，此外實還有各樣離奇的主義：安那其主義，共產主義……這一切都基於階級意識的朦朧，或階級性的錯綜複雜。在文學上有浪漫主義，自然主義，頹廢派，象徵派，差不多應有盡有，甚至還有船來的古典主義，鬧得形形色色，五花八門，眞熱鬧得笑死人。究竟『應該怎樣』，還請當代文壇泰斗，給我們青年人指出個途徑來。

第三章　自然主義的文學運動

第一節　自然主義者的文藝理論

自然主義的文藝運動，是從新文學運動的高潮中湧現出來的。這一運動的主倡者，誰也知道是「文學研究會」。關於它的來歷，容我在第二節裡說明，在這一節裏，我先說明他們的文藝理論。耿濟之先生在前夜序上說：

『……文學作品的製成應當用著者的理想來應用到人生的現實方面。文學一方面描寫現實的社會和人生，他方面從所描寫的裏面表現出作者的理想。其結果：社會和人生因之改善，因之進步，而造成新的社會和新的人生。這纔是眞正文學的效用。』

從上面這段話看來，耿濟之先生是反對絕對客觀的自然派的，他主張爲人生而藝術，因爲眞藝術總是爲人生的。我們還可以引周作人先生的話來做例子：

『我們稱述人生的文學，自己也以爲是從學理上立論，但事實也許還有下意識的作用；背義過去的歷史，生存現今的境地，自然與唯美及快樂主義不能多有同情。這感情上的原因，能使理性的批判更爲堅實，所以我們相信人生的文學。實在是現今中國唯一的需要。……這人道主義的文學，我們前面稱他爲人生的文學，又有人稱爲理想主義的文學；名稱儘有異同，實質終是一樣，就是個人以人類之一的資格，用藝術的方法表現個人的感情。代表人類的意志，有影響於人間生活幸福的文學。』（見新文學的要求。）

周先生認爲藝術不是功利的；但他却以爲文藝應當通過著者的感情，與人生的接觸。明白一點說：就是著者應當用藝術的方法，表現他對於人生的情思，使讀者能得到藝術的享樂與人生的解釋。所以他說：『我們所要求的當然是人生藝術派的文學。』

沈雁冰先生的意見，比較堅決一點，他說：

『……還有所謂唯美派的，他們痛罵文學的社會傾向，以爲是功利主義，是文學的商品化；他們崇拜無用的美，崇拜疏狂不羈的天才派的行爲，在他們自己，以爲這是從西洋來的新花樣，不知其實已經落了中國古來所謂名士風流的窠臼了。更有甚者，滿口藝術，滿口自然美，滿口唯美主義，其實連何謂美，何謂藝術，都不甚明瞭呢。』（見什麼是文學。）

他反對『文以載道』與『把文學當做遊戲』的名士派，他說：『文學的最大功用，在充實人生的空泛，而名士派的文學作品，叫人看了只覺得人生是虛空的。文學的効用既失，對於人類還有什麼益處！還成什麼文學！』他更反對頹廢派與唯美派。他說：『一般年輕學子，喜歡研究文藝的人，多不拘小節，不肯節儉，歡喜揮霍，而又自叫窮苦，有意做成名士行爲，這又何苦呢！』由此我們知道沈先生是爲人生而藝術的，並且積極的攻擊那些名士派的文學。

鄭振鐸先生和沈雁冰先生一樣，也是反對『爲藝術而藝術』的。他在新文學觀的建設上說：

『娛樂派的文學觀，是使文學墮落，使文學失其天眞，使文學陷溺於金錢之阱的重要原因的；傳道派的文學觀，則是使文學乾枯失澤，使文學陷於教訓的桎梏中，使文學之樹不能充分長成的重要原因。我們要想改造中國的舊文學，要想建設中國的新文學，卻不能不把這兩種傳統的文學觀盡力的廓清，盡力的打破，同時即去建設我們的新文學觀，就是：文學是人生的自然的呼聲。人類情緒的流洩於文字中的，不是以傳道爲目的，更不是以娛樂爲目的，而是以眞摯的情感來引起讀者的同情的。』

總之，人生派的主張，一句話，是『爲人生而藝術』的。不過我們在這裡還應當說明，他們這種文藝運動，究竟是在怎樣的歷史條件下產生的。

原來在「五四」時代，中國的小資產階級，在帝國主義與封建勢力的壓榨下，確實是很痛苦的；然而他們沒有堅定的意識去反抗，同時又不甘落伍，因此他們對現實的態度是抱着不滿。在意識上他們是動搖，彷徨，猶豫。反映到文學上，他們只能描寫悲慘的人生，表現黑暗的社會，對於現實多多少少表示出不滿。這種訴苦的態度，就是在人道主義的立場上產生出來的。

第二節　文學研究會的前前後後

一九二〇年（民國九年）十一月，鄭振鐸、耿濟之等，打算在北平出版一種文學雜誌，藉以發表文學創作，介紹外國作品，並且也可以担負整理國故的責任；但因經費難籌，故當時未克實現。後來經商務印書館負責人張菊生、高夢旦兩先生之贊助，准在該館所印行之小說月報上，發表新文學作品。不久小說月報的編輯王西神先生辭職，由沈雁冰先生繼續負責。沈爲文學研究會重要角色，受編輯主任聘約後，打算澈底改革小說月報的內容，儘量登載同人的新文學作品。當時在北平的會員，正式發出宣言，表明他們的意思，茲將其宣言原文錄之於左：

文學研究會宣言

我們發起這個會，有三種意思，要請大家注意：

（一）是聯絡感情　本來各種會章裡，大都有這一項；但在現今文學界裡；更有特別注意的必要。中國向來有文人相輕的風氣，因此現在不但新舊兩派不能協和，便是治新文學的人裡面，也恐因了國別派別的主張，難免將來不生界限。所以我們發起本會，希望大衆時常聚會交換意見，可以互相理解，結成一個文學中心的團體。

(二)增進智識　研究一種學問，本不是一個人關了門可以成功的，至於中國的文學研究，此刻正是開端，更非互相補助不容易發達。整理舊文學的人，也須應用新的方法；研究新文學的，更是專靠外國的資料；但是一個人的見聞及經濟能力總是有限，而且此刻在中國要搜集外國的書籍，更不是容易的事。所以我們發起本會，希望漸漸地造成公共的圖書館，研究室及出版部，促成個人及國民文學的進步。

(三)是建立著作工會的基礎　將文藝當作高興時的遊戲，或失意時的消遣的時候，現在已經過去了。我們相信文學也是一種工作，而且又是於人很切要的一種工作。治文學的人，也當以這事爲他一生的事業，正同勞農一樣。所以我們發起本會，希望不但成爲普通的一個文學會，還是著作同業的聯合的基本，謀文學工作的發達與鞏固。這雖然是將來的事，但也是我們的一個重要的希望。

因以上三個理由，我們所以發起本會，希望同志的人們贊成我們的意思，加入本會，賜以教誨，共策進行，幸甚！

發起人　周作人　朱希祖　耿濟之　沈雁冰　蔣百里　葉紹均

鄭振鐸　瞿世英　王統照　郭紹虞　孫伏園　許地山

這個宣言發出後，參加的人很多，他們在一九二一年（民國十年）一月四日，在北平中山公園來今雨軒開正式成立大會。會後並網羅國內新文學作家，努力於研究，創作及繙譯的工作，主張「爲人生而藝術」的文學，於是文學研究會遂成爲國內人才濟濟的文學團體。除北平外，上海、廣州等處也有分會的設立。

文學研究會是繼新青年而起的一個文學團體，當時在文壇上有名的作家，差不多都參加了。因此無論在創作上、繙譯上都有驚人的成績。在小說方面，有魯迅、王統照、許地山（落花生冰心等，詩歌方面有俞平伯、冰心等，散文方面有周作人、魯迅、鄭振鐸等．翻譯方面有傅東華沈雁冰、鄭振鐸等。關於舊文學的整理，以鄭爲最努力。

文學研究會的代表刊物，第一當然是小說月報，其努力的方向是：（一）繙繹西洋名著，（二）介紹被壓迫民族的文學，（三）提倡寫實主義，他們以爲中國的文學，向來太遊戲太消遣化了，所以他們把文學嚴重起來，反對空想的文學，反對茶餘飯後的文學，他們主張文學作品的產生，須得選擇題材，實地觀察，注重結構。並且他們主張爲人生而文學，文學的對象，應該爲被壓迫被欺侮的血與淚的文學，反對「文以載道」，反對中國舊派文人遊戲的態度。（小說月報從十二卷起出至二十二卷）。其次他們的代表刊物，便是文學週報，出了四百多期，起初附於上海時事新報，與小說月報的內容差不多，曾討論舊詩等問題，當時東南大學幾個人提倡五七律的詩，因爲「骸骨之迷戀」，曾打了一場大官司。除了文學週報而外，還有詩，不過只出了七期，就停刊了。此外尙出了會刋星海及數十種文學叢書，其貢獻十分偉大。

文學研究會的反對派，最極端的要算創造社同人了。創造社罵「人生派」的作者太大張自我的口號，並且罵文學研究會包辦中國文壇，據吳文琪先生說：這兩個文學團體，不能合作的遠因有二：（一）文學研究會在籌備時期，該會某君曾給在日本留學的田漢（壽昌）寫信，請他轉請郭沫若、郁達夫等入會，田漢不但沒有把信轉給郭、郁看，連回信也沒有寫。後來文學研究會直接邀請郭、郁等加入，也被辭謝，因此在很早就種下了嫌隙的種子。（二）郁達夫在日本留學時，做了一篇稿子，投給時事新報的學燈，不料半年後纔發表出來，達夫氣的不得了，後來在創造月刋上挖苦沈雁冰、鄭振鐸。由此這兩個文學團體，在創作與繙譯上，發生了許多爭辯。（可參考小說月報十三卷十二期的今年紀念的幾個文學家。）

其次，文學研究會的反對派，要算禮拜六派了。當沈雁冰主編小說月報時，上海禮拜六派的文人，出了幾種下流刋物，如紅玫瑰、紫羅蘭等，文學研究會的人常常做文章大施攻擊，這種攻擊的文章，大都在小說月報上發表。因此引起禮拜六派文人的反對。後來上海書業聯合會攻擊沈雁冰·沈遂他去，由鄭振鐸負責主編小說月報，但小說月報的內容却未因之改變。「五卅」以後，文學研究會的人，多向外發展，另起爐灶。魯迅周作人等於民國十四年組織語絲，胡適、徐志摩等組織新月。「一二八」戰後，小說月報停刊，文學研究會的人，越發散漫了，到現在已無明確的主張，只剩下鄭振鐸沈雁冰在那裏撐持門面，文學季刊算是他們現在的代表刊物。

第三節　自然主義文藝運動旗幟下的魯迅

魯迅（周樹人）於一八八一年，生在浙江紹興府城內。他在『五四』以後的中國文壇上，很有權威。有人稱他是『思想界的權威者』；也有人稱他是『青年叛徒的領袖』。批評他的文章很多，我們最常見的有李霽野編的關於魯迅及其著作，李何林編的魯迅論，鍾敬文編的魯迅在廣東，台靜農編的魯迅及其著作，錢杏村的中國現代文學作家第一集。最近李長之先生在天津益世報文學副刊上發表的魯迅批判，也很可參考。外國方面也有介紹批評他的文字，如 R.M.Bartlett 登在美國一九二七年十月號的 Current History 上面一篇介紹魯迅的文章，題目是新中國的思想界領袖魯迅，可見中外人士對他的注意了。

魯迅是以自然主義的作風名震一時的創作家。他以諷刺的筆鋒，露現出社會的內幕，他反抗封建社會的制度，他痛恨因循苟且的國民性。他的文筆如同刀劍那樣的鋒利，在每個青年讀者的心坎裡，深深地刻下了痕跡，一九三〇年以後的他，我們在這裏不提，我們在這裡所要提出的是他抨擊封建社會的作品。他在狂人日記上說：

『……我翻開歷史一查，這歷史沒有年代，歪歪斜斜的每葉上都寫着「仁義道德」幾個字，我橫豎睡不着，仔細看了半夜，才從字縫裡看出字來了，滿本都寫着兩個字是「吃人」！』

他又說：

『……四千年來時時吃人的地方，今天才明白，我也在其中多年：大哥正管着家務，妹子恰恰死了，他未必不和在飯菜裡，暗暗給我們吃。我無意之中不吃了妹子的幾片肉，現在也輪到我自己』。

狂人日記是魯迅一九一九年的作品，當時刊登在新青年上。他以嘲諷的語氣，轟擊四千年來吃人的『仁義道德』，他以微帶憂鬱的感情，描寫爲舊禮教壓迫下的一切現象。這是他最初向封建社會投擲的一粒炸彈，他看到青年的腦筋中，盡是封建思想的勢力，在裡面作怪，因此他喊出思想革命的口號，想把傳統的封建思想，從青年的腦筋中，根本肅清，所以他要打『叭兒狗』，罵『正人君子。』（見華蓋集）

魯迅的作品，在一九三〇年以前，可以分爲兩個時代：一爲『吶喊時代』，一爲『彷徨時代』。從一九一九年的狂人日記起，至一九二三年的不周山止，共十五篇，算是『吶喊時代』。從一九二四年的祝福起到一九三〇年，算是『彷徨時代』。除了不周山、兎和貓、幸福的家庭、傷逝等作品外。大都是描寫中國舊式人民的思想生活。在『吶喊時代』，抨擊封建勢力最猛烈！狂人日記揭穿了『禮敎吃人』，孔乙己是同情於被農村封建勢力所摧殘的不幸者，藥是歌頌爲革命而犧牲者，阿Q正傳是描寫一個蠢頑無知的阿Q，表現了中國病態的國民性，故鄉表現了中國農村自然經濟的破產。在『彷徨時代』，共有十一篇小說，如祝福、肥皂仍是暴露了封建社會的醜惡。孤獨者一篇，表現了時代性，是經濟動搖中的智識階級沒落的傷感，野草是他悲觀的表現。他詛咒社會的黑暗，人生的毀滅，他歎息青春的逝去，現實的陰森，於是他做朝華夕拾，懷念童年時代的情景。

在魯迅的作品中，除了反封建社會外，我們還可以看出他是一個人道主義者。在吶喊與彷徨中，他曾以人道主義的立場，對於許多爲不幸的運命所播弄的人們，給以無限的同情，無限的憐憫，試看故鄉中的閏土、祝福中的祥林嫂……魯迅是在怎樣的同情他們，可憐他們啊！在故鄉中有下邊這樣一段話：

『非常難，第六個孩子也會幫忙了，却總是吃不够。……又不太平……什麼地方都要錢，沒有定規……收成又壞，種出東西來，挑去賣，總要捐幾回錢，折了本，不去賣，又只能爛掉。……』

這是閏土的一段談話，我們再看他是怎樣的描寫閏土：

『……他身材增加了一倍，先前的紫色的圓臉，已經變作灰黃，而且加了很深的皺紋，眼睛也象他父親一樣，周圍都腫得通紅，這我知道，在海邊種地的人，終日吹着海風，大抵是這樣的，他頭上是一頂破氈帽，身上只一件極薄的棉衣，渾上瑟索着，手裡提着一個紙包和一支長煙管，那手也不是我所記得的紅活圓實的手，却又粗又笨而且開裂，像是松樹皮子。』

魯迅含着憐憫的淚，描寫了辛苦麻木的閏土生活。這種人道主義的憐憫與同情，便是小資產階級的特具性；因此我們可以說，魯迅也是以小資產階級的立場去反抗封建社會。故我們乾脆的說一句，魯迅的階級立場，是一個小資產階級的立場。

第四節　『人生派』創作家葉紹鈞

葉紹鈞字聖陶，是江蘇吳縣人。他是文學研究會中的重要份子。在『人生派』的作家裡，他算是最能努力的一個，十餘年來，他以很誠實的態度，努力創作，從來沒有間斷過。作品中如隔膜、火災、稻草人、城中、綫下、未厭集、倪煥之等，都是在文壇上有數的傑作。他所描寫的對像，多是天倫的愛，兒童的天眞，小學敎育的缺點，農民誠樸的生活。他很細心的把這些平凡的事情，很生動的表現出來，這是他的長處。

葉紹鈞小說中的主人翁，多半是城市中的小資產階級：城市中的小學敎師，城市中的窮苦編輯，以及城市中受過新思想洗禮的青年男女。有時他雖然也在譏諷舊社會中的人物，但他大部分的作品，都是替小資產階級『訴苦』，除了『訴苦』而外，他還同情於他們，這一點同魯迅的態度完全一樣，可以說是小資產階級的溫情主義。他以爲『人心本是充滿着愛的，但給附生物遮住了，以致成了隔膜的社會。人心本是充滿着生趣和愉快的，但給附生物糾纏住了，致成了枯燥的社會。』(見火災顧序)在他的火災裡有幾篇小說是描寫人類本性中藏伏着愛，如地動、小蜆的回家、醉後、義兒等篇。地動裡的明兒，因爲聽他父親說一篇故事，說到一個小孩子因地動而流落到外國，不能見他的母親，就引起他同情的悲哀。義兒中描寫一個小學生義兒有繪畫的興趣與天才，然而他的先生把他認爲最頑劣的學生，沒有認淸楚他的個性，使他向成功的路上走，反而摧殘他的個性。雲翳寫夫婦間的感情。此外如樂園、飯、脆弱的心等都是描寫敎育上的缺點。樂園及飯裡面的敎員，因爲吃不飽飯，不能不在外面給人家寫些字，賺一點錢來過活，又因爲錢來的太艱難，所以自己還得上街買菜，以致誤了上課鐘點，學生們遂鬧得天翻地覆，這是教員自願墮落嗎？

他在隔膜中的第一篇小說一生裡，是怎樣的同情於『伊』的遭遇，伊的丈夫死了，伊的公公、婆婆受了廿千錢把伊賣了，他們都把伊『抵半條耕牛』，並且『都以為這個辦法是應當的』：

『不種了田，便賣耕牛，伊是一條牛，——一樣地不該有自己的主見——如今用不着了，便賣掉。把伊的身價充伊丈夫的殮費，便是伊最後的義務！』

又如在低能兒裡，他描寫阿菊生在貧苦勞動者的家庭裡、不能受資產階級化的教養，他以教育家的態度，對天真爛漫的阿菊，抱着滿腔酸淚去同情他：

『阿菊的母親是搓草繩的，伊的眼皮翻了出來，常常分泌眼淚、眼球全網着紅絲，——這個是他們家裡的傳染病，阿菊父子也是這樣，不過較輕些。伊從起身到睡眠總坐在一條破長凳上，兩手像機器似地工作。除了伊的兩手，伊的身軀動也不動，眼睛瞬也不瞬；伊不像有思想，不像有憂樂，似乎伊的入世只為着那幾捆草繩而來的。當阿菊初生時，他尖着小嘴銜着伊的乳，小手沒意識的抓着，可愛的光輝的小眼睛向伊的面龐端相着；對於那些，伊似乎全無知覺，只照常搓伊的草繩。他吸了一會乳，便被棄在一個幾乎站不住的草窩裏。他咿呀欲達意罷，號哭欲起來罷，伊總不會去理會他，竟同沒什麽在旁邊一樣，柔和的催眠聲、親密的撫慰語，在伊聲帶和腦子裡是沒有種子的！他到了四歲，還是吸伊淡薄的乳漿，因為這麽可以省却兩小碗粥；還是躺在那個破草窩裡，仰看黑暗的塵垢的屋板，因為此外更沒有別的可以容他的地方。

葉紹鈞的小說中，到處表現出『愛』——『生趣』——『愉快』，時時活躍在人的生命中，造成新的宇宙觀。他在阿鳳上說：『世界的精魂是愛，生趣，愉快』。因此學校裡認為頑皮的低能兒，婆婆認為刁惡的媳婦，以至沒人理會的蠢婦人，粗鄙的農夫老媽子，都是為人們所不足掛齒的人物，但他們有極深摯的慈愛，潛伏在他們的心底裡，雖在極黑暗困苦的地方，他們心中的愛，生趣，愉快，是不會被惡環境滅絕的。如綠衣裡的方老太，潛隱的愛裡的陳家二奶奶，她們那種悲慘的境遇，任誰見了都要憐憫，尤其是二奶奶的境遇可憐極了，沒有人愛她，沒有人理他，她是一個又蠢又笨的人，她的生死，和世界沒有關係，但她內心却充滿了極豐富的慈愛，她把這豐富的慈愛，偷偷摸摸的用在鄰家的孩子身上，這種愛心是如何的偉大！阿鳳受駡受打的做完了活，便覺『生命自由快樂』，在阿鳳的煞尾，紹鈞鄭重的寫着：

『……伊不但忘了詛咒，手掌和勞苦，伊連自己都忘了。世界的精魂若是愛，生趣，愉快，伊就是全世界。』

葉紹鈞在他的創作中，還表現出對于生命的『探求』『懷疑』，對于人生的『詛咒』『失望』：

『我覺得和世界隔絕了，那種心底的孤寂，失望，悵惘，幾乎使我不信我和世界是眞實的。……』（綠衣）

『我如漂流在無人孤島，我如墮入寂寞的永刼，那種孤悽徬徨的感覺，超於痛苦以上，透入我的每一個細胞，使我神思昏亂，對于一切都疏遠淡漠，我的軀體，漸漸地拘攣起來，似乎受了束縛。……』（隔膜）

如他的不快之感、綠衣、苦菜……都是表現出生命沒有着落的色彩。這是他沒有認識社會，沒有把握住人生的眞實的自供。

葉紹鈞的小說，取材於敎育的，有二十多篇。他揭穿了敎育界的黑暗，他描寫出敎員們生活的清苦，此外他還有一部童活集——稻草人，也是成功的一部作品。在這部童話集中，顯示出作者慈愛的心腸，天眞的想像。但其中除了小白船、燕子、芳兒的夢等篇外，其餘如畫眉鳥、玫瑰和金魚、瞎子和聾子等篇；顯露出人間的陰森，成人的悲哀，他回憶童年時代的快樂，他咒罵現實生活的枯澀。我們以爲稻草人的好處，是他的溫柔眞摯的愛，稻草人的缺點，是不能增進兒童奮鬥的精神，他沒有告訴兒童應該怎樣去打破人間的障碍，他只告訴兒童社會是多麼的陰森。

第五節　『人生派』創作家茅盾

茅盾是沈雁冰先生的筆名，（筆名除茅盾外，還有丙生、蒲牢、玄珠、方璧、MD等。）浙江，桐鄉人，生於一八九六年，文爲學研究會中的重要份子。他以自然主義的立場，寫成了轟動一時的三部曲，比之魯迅葉紹鈞的作品，已大不相同，因爲他的歷史背景不僅不同於『五四』而且不同於『五卅』。在『五四』時代，中國的小資產階級——店東，小商人，手工業者，以及許多小資產階級的頭腦勞動者——在帝國主義和封建勢力的威權壓搾下，確實是很痛苦的，然而在他們之中，除去最下層的小資產階級的手工業者而外，他們對於封建勢力，帝國主義，和國內的新興資產階級，很是反對，但他們的反對，總有些動搖，彷徨，和猶豫，一句話：他們總不堅决。在這樣的歷史條件下，所產生的文藝作家，只能以人道主義的立場，去描寫悲慘的人生，去表現黑暗的不良社會，同時對於封建勢力，資本制度，多多少少的表示出不滿意，因此魯迅和葉紹鈞都是小資產階級的文藝戰士，是小資產階級的意識的反映者。我們說到茅盾，那就不能與魯迅和葉紹鈞『同日而語』了。

一九二七和一九二八年之間，中國的社會變革運動遭了嚴重的慘敗，小資產階級的智識份子，處於這種情境之中，向左轉吧，沒有勇氣，向右轉吧，又不甘心，於是只好當個『中間人』（我們朋友間的遊戲語）徘徊又徘徊，猶豫復猶豫，這樣的結果，只有逼着自己的信仰的動搖；只有感到自己所企圖的光明的幻滅。在動搖和幻滅之後，他們更陷落在消極悲觀的泥潭中，索性一步踏到以酒精肉感鬼混生活的路上去。茅盾站在小資產階級的立場，暴露出這一時期的小資產階級的『動搖』，『幻滅』以及追求愛的憧憬，他深刻的解剖了『中間人』的心理變幻，這是作者在創作技術上一部分的成功。

茅盾的作品，在小說方面較早的有三本：蝕（分幻滅，動搖，追求三篇。通稱茅盾三部曲），野薔薇，和虹，較後的有三人行路，子夜等，在文藝理論方面有文學和人的關係，未來派文學之現勢，自然主義與中國現代小說，從牯嶺到東京，寫在野薔薇的前面和讀倪煥之等。我們現在把他的重要作品分開來考察，同時給他一個批判。

幻滅是描寫革命時代小資產階級的女子，對革命的游移與幻滅。主人翁靜，便可以代表小資產階級女子的病態心理。她怕戀愛，怕男性，拒絕前部男主人公抱素的愛。等到抱素愛上了慧的時候，她却拼命的要愛抱素，直到得到抱素纔甘心了。後部和男主人公强連長和靜結婚以後，在密月中得到出發的消息，她對於他行止的問題又游移了一陣。在她的生活中，始終表現了性格的懦弱。當她跑到武漢革命的時代，好像是很有勇氣，但到實際參加革命的時候，又感到革命人物的溷濁，因此她却不高興而幻滅了。不久，她又決心去做革命的事件，又信認革命了，她是這樣游移與幻滅，這完全是小資產階級女子的特性。賀玉波在他的茅盾創作的考察上說：

> 從一九二七年起，在革命的浪潮中，政治上發生了幾次變化，有一般意志不堅强的青年對於革命感到了懷疑。因懷疑的結果，他們徘徊於歧途，莫知所從，而畢竟感到幻滅的悲哀。因爲他們所處的地位是非常動搖的，因之時常輾轉於革命或反革命的戰線中，甚至結果完全退縮，離革命的陣綫很遠，而獨自做他們幻滅的好夢。作者就是以這種心情而寫成這篇作品的。所以所表現的完全就是些意志不堅强的青年在革命浪潮中的可笑的游離和幻滅的心理。
>
> 作者站在自己的地位上，拿了他客觀的寫實主義的照像機，而對革命浪潮攝取了一斷片——一般猶豫青年對於革命的幻滅，却疏忽了其他的部分——一部分繼續奮鬥，努力於革命的勢力。即使僅僅攝取那一斷片，也不失爲妥當的材料，只要他所站的立場正確。但是，他不是這樣，於是產生了一篇消沉，悲觀，充滿了灰色幻滅的作品，而這種作品却在革命勢力中散佈了大量的毒氣，使一部分意志薄弱的革命戰士灰心而退縮。這就是作者留給我們的

壞影響了！』

玉波先生這段批判，我以為很對。此外我們關於技巧方面，還要說幾句話。作者對於人物的描寫，很有把握。全書把小資產階級的病態心理寫得淋漓盡致，而且敘述得很細緻。不過使我們不滿意處，就是他每每參加了主觀的語句，不免損傷客觀描寫的眞實。如『我們的小姐愕然了；』（頁六）『場裏電燈齊明，我們看見他們三人』；（頁八）『我們看見他們三人坐在一排椅上』；（頁二〇）『深深噓噓口氣——你幾乎以為就是嘆息。』（頁三〇）……這些地方是很損害客觀的描寫的。

……………

動搖是描寫革命鬥爭劇烈時從事革命工作者的動搖。主人翁是一個投機分子胡國光，他原是長江上游一個縣城裏的紳士。他鑽營投機的情形，姨太太的卑劣行為，兒子胡炳的不肖，作者都描寫得曲折盡致。縣黨部委員方羅蘭，代表革命時代的調和派。處處表現了妥協態度，當李克要查辦胡國光時，他便說：『軟弱自然不行，但太強硬，也要敗事。』他不但妥協，而且處處消極畏懼。店員工潮，鬧時他神思恍惚，因土劣黨羽的結合，使他發神經病，這都表現了革命時代小資產階級的改良主義者的怯弱。篇中從事革命工作的人物完全是動搖分子。他們為了一時的興奮或自己的利益而去革命，到了與自己的利益衝突時，他們便動搖了，退縮了，這原是猶豫分子的劣根性。作者能把那些革命人物的心理分析在動搖裡，是很難得的。中間夾着些戀愛心理的分析，更是恰到好處。如一五五頁的一段對話，描寫出女性的嫉妒心理：

「你究竟愛不愛孫舞陽。」

「說過不止一次了，我和她沒有關係。」

「你想不想愛她？」

「請你不要再提到她，永遠不要提到她。不行麼？」

「我偏要提到她。孫舞陽、孫舞陽……」

……………

追求全篇分爲八章，是描寫一羣對於革命生活起了幻滅而又不甘墮落各自追求的青年。描寫的雖然是上海的一部分青年，却可代表一九二七以後整個中國小資產階級青年的病態。我們看章秋柳女士的一段演說：

我們這一夥人，都是好動不好靜的，然而在這大變動的時代，卻又處於無事可作地位。並不是找不到事；我們如果不顧廉耻的話，很可以混混。我們曾想到閉門讀書這句話，然而我們不是超人，我們有熱火似的感情，我們又不能在這火與血的包圍中，在這魑魅魍魎的大活動的環境中，定下心來讀書。……我們不配做大人老爺，我又不會做土匪强盜，在這大變動時代，我們等於零，我們幾乎不能自己相信尙是活着的人。我們終天無聊納悶……我們大笑大叫，我們擁抱，我們親嘴，我們含着眼淚浪漫頹廢，但是我們何嘗甘心這樣浪費了我們的一生！我們還是要向前進！』

這一段是大變動時代小資產階級的自供！其次如張曼青的『教育救國論．』王仲昭的『新聞救國論．』……同樣的表現了一九二七以後小資產階級青年們的猶豫幻滅的病態。仲昭．曼青爲了新的憧憬，努力於自己的事業，但在結果，他們在事業與戀愛上的追求，都失敗了。章秋柳女士是個放縱不羈的女子，她在許多男朋友之中，因了好奇心的驅使，竟愛上了自殺未成而頹廢的史循。他想以她自己的迷人肉體把史循從頹廢中拯救出來，但是在他們兩度的狂歡後，史循竟因暴疾而死了。於是，她的追求也終歸失敗。

以上是全篇所描寫的主要題材。現在我要引賀凱先生一段話，把茅盾先生的三部曲——幻滅、動搖、追求、作一個總批判：

『茅盾的三部曲，是革命、幻滅、戀愛、追求的心理相互剖解，映照，牠所給與讀者的印像是游移懦弱，悲觀傷感，前途是灰闇！他沒有把一九二七年狂風暴雨般的革命高潮和健全的革命力量刻畫出來，這是他創作的出發點，根本不是以普羅階級為對象的。』——（見中國文學史綱要。）

第四章　浪漫主義的文藝運動

第一節　浪漫主義者的文藝理論

中國浪漫主義的文藝運動，不用說當然是創造社倡導起來的。這句話說得雖然有些武斷，但凡看過創造社初期的文藝作品的人，都不會反對它的正確性。王獨清先生說：

『創造社底開始不怕是一個浪漫運動，但是這在本身幾個原動力的人物卻都並不是有計劃的或有意識的。郭沫若在創造季刊第二期底編輯餘談中明明自詡地說不管主義怎樣，只要是能創造出好的作品的人都可以攜手同行。當時這種『以形式決定內容』的文學主張確是創造社共同的傾向。』——（創造社——我和牠的始終與牠的總賬。）

上面這段話，是王獨清先生老老實實說出來的。不過話雖這樣說，我們還須得站在擁護歷史事實的立場上，根據他們的文藝理論與文藝創作，斷定他們是浪漫主義的文藝運動，我們不管他們是無計劃的或無意識的，我們只要抓住他們的理論與創作去下論斷，這樣纔算是合理的辦法。

我們試把仿吾在那時所說的話來看看吧：

『至少我覺得除去一切功利的打算，專求文學的全與美，有値得我們終身從事的價値的可能性。而且一種美的文學，縱或他沒有什麼可以教我們，而他所給我們的美的快感與安慰，這些美的快感與安慰對於我們日常生活的更新的効果，我們是不能不承認的。』（見成仿吾新文學的使命）

仿吾又在他的藝術之社會的意義上說：

『不僅覺醒了的心靈在要求精神上的糧食，卽困苦中的靈肉亦在渴望精神上的安慰。人類將漸不信物質問題的解決爲一切問題的解決，他們由自己所召致的物質的困苦解脫時，他們將更要求藝術的薰洗。……藝術界裏面有許多的人的藝術被別人稱爲藝術的藝術。他們尤爲研究社會問題的人所集矢。這也不能說是公允的事，旣是眞的藝術，必有牠的社會的價値；牠至少有給我們的美感。』

像仿吾這樣保護藝術之宮的理論，難怪茅盾要說這樣的話了：『在當時創造社的主張是「爲藝術的藝術」，說過「毒蕈雖有毒而美，詩人只鑑賞其美，俗人終記得有毒」這一類的話。感情主義和個人主義的調子，充滿在他們那時候的作品。』

是的，創造社當時所倡導的文藝運動，確是『爲藝術而藝術』的浪漫主義的文藝運動，這是千眞萬確的事實。不過問題不在於這一運動是不是創造社所主張的，問題只在於在什麼條件之下產生了這個運動。所以我們應該在這裡說明產生這個運動的階級背景與歷史條件。

這裡，我們先看李初黎是怎樣的分析：

『國內的布爾喬亞既失了他的革命機能，後與封建勢力合流——妥協，來壓迫一般大衆，於是首先感着痛苦的是小資產階級。……站在小資產階級的立場，承繼中國文學的正統，除了向封建遺制進攻之外，復執拗地反抗着官僚化了的新興資產階級，毅然崛起的是當時的「創造社」。我們知道，「創造社」是在這光榮的鬥爭中產生，在當時牠是一個革命勢力。……他們的戰線，由封建勢力，延長至官僚化了的新興資產階級，所以當時一切的既成勢力都成了他們的敵人，後來除了革命的廣東而外，他們在偌大的一個中國，幾無一所安身之地。……

……至於他們當時文字上的標語，是「內心的要求」「自我的表現」，這的確是小布爾喬亞意識的結晶。』（李初黎怎樣建設革命文學）。

我們再看成仿吾又是怎樣的分析：

『有人說創造社的特色爲浪漫主義與傷感主義，這只是部分的觀察。據我的考察，創造社是代表小資產階級的革命的『印貼利更追亞』。浪漫主義與傷感主義都是小資產階級特有的根性，但是在對於資產階級的義意上『這種根性仍不失為革命的』。（成仿吾從文學革命到革命文學。）

李初黎和成仿吾的意見大致一樣：他們都一致承認，創造社的立場是小資產階級的立場，創造社是在資產階級『投降、妥協、反動、合流』之後，承繼了中國文學革命的正統。創造社所幹的文藝運動——即浪漫主義的文藝運動——是有革命的作用的。

李初黎和成仿吾這種分析，我們痛痛快快說一句，實在不正確。因為當時創造社的幾個作家，沒有共同的以小資產階級為立場。就以郭沫若同郁達夫兩個代表作家來說吧，他們兩個的階級立場也不一致，一個是反映了資產階級的思想，情緒，和世界觀；一個反映了沒落士紳階級的意識形態。話不能空說，只有他們的文藝作品，才能證明他們代表的是那一階級的意識。關於這一點，我打算在後面幾節裡，詳細地作一個考察。在這裡我們應該看看郭沫若關於這個問題的分析：

『……在創造季刊時代或創造週報時代，百分之八十以上仍然是在替資產階級做喉舌。他們是在新興資本主義的國家，日本，所陶養出來的人，他們的意識仍不外是資產階級的意識。他們主張個性，要有內在的要求，他們蔑視傳統，要有自由的組織。這內在的要求，自由的組織，（大意見創造季刊二期編輯餘談）無形之間便是他們的兩個標語。這用一句話歸總，便是極端的個人主義的表現。個人主義就是資本主義社會中的根本精神。他們在這種意識之下，努力行動了，努力創造了，然而結果是同樣受着中國的資產階級的文化不能遂其自然成長的詛咒。……」（見郭沫若創造社的自我批判。）

其次，我還要引華漢一段話：

「……在五四之後和五卅之間，這一些沒落的士紳，簡直走到了他們的末日窮途，他們的前途簡直是異常的陰慘和暗淡。……當時普遍於全中國青年心裏的苦悶與悲愁，表現在行動上的頹廢與墮落，大多數都是這一沒落階級的應有的變態。……他們沒有金錢，名譽，和美人；他們所迫切需要的也是這三件寶貝。他們既得不到金錢，名譽，和美人，除了無端狂笑，無端歌哭，嘲世罵俗，牢騷滿口而外，唯一的辦法，唯一的出路，只有醇酒婦人以消極的自殺。達夫的全部作品，可以說赤裸裸的反映了這一沒落的士紳階級的意識形態。達夫是這一沒落士紳階級底最徹底最大胆的代言人。」（見華漢中國新文藝運動。）

郭沫若同華漢的話，雖然沒有百分之百的正確性。但我們至少承認上面這兩段話是合乎事實的。

第二節 「五卅」以前的「創造社」

創造社的活動，誰也知道可以分爲三個時期：第一是創造季刊和創造週報的時期，第二是創造月刊與洪水的時期，第三是轉變方向後的創造月刊與文化批判（後改名思想）的時期。我們在這裡所要敘述的，只限於第一時期，其他兩個時期，容在下幾章裡再敘述了。

創造社在胚胎時代，僅是幾個留日學生的私人討論。他們感覺到國內文壇的沉寂，與純文藝雜誌的缺少，於是他們想糾合同志，辦一種有力量的純文藝刊物，衝破國內文壇的沉寂。討論這個問題最早的人，要算郭沫若與張資平在日本西南端九州島的博多灣海濱的談話爲起始，時間是一九一八年八月下旬。那時郭在九州帝國大學醫科讀書，張在熊本五高學理科。他們經過長時間之討論，決定寫信徵求他們的同學郁達夫、成仿吾的意見，結果他們都贊成了。在這個時期，郭沫若常寄些新詩及小說寄給時事新報的學燈發表，因此得與學燈的編輯宗白華相識，又因宗白華的介紹，得與田漢（壽昌）相識，並邀請加入，田漢也贊成這個運動。在一九二〇年，成仿吾、郁達夫、田漢、在東京郁達夫的宿舍，開了三次籌備會，並舉定田漢担任在國內接洽出版的書局，但因種種困難，沒有接洽成功。一九二一年四月郭沫若成仿吾相隨回上海在泰東書局住了些時候，然對于辦純文藝雜誌的事仍沒有頭緒。後來經過許多波折，一直到一九二二年五月一日，第一期創造季刊繼與世見面了。

創造季刊誕生後的週年，即一九二三年五月，又另出刊創造週報。銷路很廣；初出版時，只印三千份，後增印至六千份。不久創造社同人又應中華新報社總經理殷圵夫的聘請，編輯文學副刊創造日，出到一百期，因爲經費的關係而停刊了。

在創造社醞釀時期中，有幾位贊助者如田漢、張鳳舉、徐祖生等也曾在創造季刊裡發表過一些文字。後來因意見不合，都脫離了創造社，創造季刊只出了六期便不能繼續維持，創造週報也只出了一週年共五十二期便停刊了。郁達夫到北京做北大的教授，郭沫若又東渡日本。成仿吾赴廣東，創造社三個重要人物的離散，遂影響到創造社的暫時結束。（以上見中國新文學運動史三八二頁）

創造社第一期的活動，郭沫若先生在創造社的自我批判一文裡，說的很詳細，我們引在下面

創造社這個團體一般是稱爲異軍突起的，因爲這個團體的初期的主要分子如郭、郁、成、張對於新青年時代的文學革命運動都不曾直接參加，和那時代的一批啓蒙家如陳、胡、劉、錢、周、都沒有師生或朋友的關係。他們在當時都還在日本留學，團體的從事於文學運動的開

始，應該以一九二二年的五月一號創造季刊的出版爲紀元（在其一兩年前，個人的活動雖然是早已有的）。他們的運動在文學革命爆發期中又算到了第二個階段。前一期的陳、胡、錢、周，主要在向舊文學的進攻；這一期的郭、郁、成、張却主要在向新文學的建設，他們以『創造』爲標語，便可以知道他們的運動精神。還有的是他們對於本陣營的清算的態度。已經攻倒了的舊文學無須乎他們再來抨擊。他們所攻擊的對象却是所謂新的陣營內的投機份子和投機的粗製濫造，投機的粗翻濫譯。這在新文學的建設上，新文學的價值的確立上，新文學的地位的提高上是必經的過程。一般投機的文學家或者操觚家正在旁若無人與高彩烈的時候，突然由本陣營內起了一支異軍，要嚴整本陣營的部曲，於是囂議譁然。而創造社的幾位份子便成了異端。他們第一步和胡適之對立，和文學研究會對立，和周作人等『語絲派』對立，在旁系上復和梁任公，張東蓀，章行嚴也發生了糾葛，他們弄到在社會上成了一支孤軍了。」

由郭沫若先生這段話看來，創造社第一期的活動，是一致的主張新文學的建設，他們批評粗製濫造的作品，抨擊不通的翻譯；他們主張個性的發展，內在的要求，熱情的奔放，自由的組織，這種意識，都是一種浪漫主義的運動。當時中國的社會，正在新舊遞變之中，一般知識份子的青年，接受了外來資本主義的洗禮，正彷徨於國內的新舊思想的轉換之中，所以對創造社的文學運動，大家都是瘋狂般地在擁護，因此創造社對於當時青年的影響，是最大了，現在我要把這個影響最大的原因，作更進一步的探討：

創造社影響最大的原因，我以為有三：（一）新青年受了新思潮的洗禮，主張發展個性，他們看不慣文學研究會的文學作品．創造社高唱『靈感萬歲』，『天才萬歲』，自然很適合他們的口胃；（二）魯迅的作品，大都是描寫封建社會的，且多取材於農村．那些生在城市的青年們，不明瞭農村景況，自然對於魯迅的作品，不會感覺到十分的興趣．他們所愛讀的是張資平的戀愛小說，郁達夫的頹廢作品，郭沫若的奔放詩歌；（三）一般公子，少爺們，崇拜創造社的『自我表現，』也想把他們身邊的瑣事描寫出來．像他們這般懶散的青年，那能不擁護創造社的『天才』與『靈感』的口號？因此：創造社對於當時青年們的影響，算是極大了！不過創造社的影響，可分好與壞兩方面：在好的方面，是反抗的精神與新鮮的作風，他們反對禮教，反對舊社會的一切遺制．他們有奔放的筆頭，能用文言的詞藻，外國的名詞，做流暢的文章。他們的作品，在這一方面，實在比魯迅等好得多．在壞的方面，是誇大，浪漫，頹廢，一般青年們，受了這種影響，以為頭髮不長，不算是新詩人，行動不浪漫，不足為文學家，一定要抽煙，喝酒，逛窰子，才算是正牌文學家，於是弄得意志薄弱，精神頹唐，自掘墳墓了。

第三節　女神時代的郭沫若

郭沫若先生，四川嘉定府人：日本福岡醫科大學畢業，在帝大時，即愛好文藝，頗受歌德與雪萊的影響，創作有女神，星空等，皆爲當時佳作。回國後，盡棄所學，與成仿吾、郁達夫、張資平等合辦創造社，主編創造日、創造週報、創造季刊等，爲中國新文藝運動萌芽時期之最有力的刊物，影響甚巨。其思想與作品，大概可分爲三期：

(一)女神時代(五四到五卅。)

(二)階級意識覺醒時代(從五卅到一九二八。)

(三)開始第四階級文藝時代(從一九二八到現在。)

沫若先生的第三時期還正在開展，第二時期，因參加北伐戰爭沒有什麼多的代表作，所以，沫若的文學作品，要算『五四』到『五卅』爲最多，同時由『五四』到『五卅』，正是浪漫主義文藝運動的黃金時代。這一時期的代表作爲女神與三個叛逆的女性，其他如橄欖、星空、塔、落葉等，也是這一時期的作品。女神是歌詠自然而帶有浪漫色彩的：

除夕將近的空中，

飛來飛去的一對鳳凰，
唱着哀哀的歌聲飛去，
銜着枝枝的香木飛來，
飛來在丹穴山上，

山右有枯槁了的梧桐，
山左有消歇了的醴泉，
山前有浩茫茫的大海，
山後有陰莽莽的平原，
山上是寒風凜冽的冰天。

……………………

即即！即即！即即！
茫茫的宇宙，冷酷如鐵！
茫茫的宇宙，黑暗如漆！
茫茫的宇宙，腥穢如血！

宇宙呀！宇宙！
你爲什麼存在？
你自從那兒來？
……………………
五百年的眼淚傾瀉如瀑。
五百年來的眼淚淋漓如燭。
流不盡的眼淚，
洗不淨的汚濁，
澆不熄的情炎，
盪不去的羞辱，
我們這飄渺浮生，
到底要向那兒安宿？——鳳凰涅槃，
× × ×
我是一條天狗！

我把月來吞了，
我把日來吞了，
我把一切的星球來吞了。
我便是我了！
……………………
我飛奔，我狂叫，我燃燒。
我如烈火一樣地燃燒！
我如大海一樣地狂叫！
我如電氣一樣地飛跑！——天狗。

× × ×

太陽的光威，
要把這全宇宙來熔化了！
弟兄們！快快！
快也來戲弄波濤！

趁着我們的血浪還在潮，
趁着我們的心火還在燒，
快把那陳腐了的舊皮囊，全盤洗掉！
新社會的創造，全賴吾曹？……溶海。

× × ×

大都會的脈膊喲！
生命的鼓動喲！
打着在，吹着在，叫着在，……
噴着在，飛着在，跳着在，……
四面的天郊煙幕朦朧了！
我的心臟喲！快要跳出口來了！
哦哦，山岳的波濤，瓦屋的波濤，
湧着在，湧着在，湧着在，湧着在喲！

——筆立山頭展望。

×××

汪洋的大海正在唱着他悲壯的哀歌，
穹隆無際的青天已經哭紅了他的臉面。
遠遠的西方，太陽沉沒了！——

悲壯的死喲！金光燦爛的死喲！凱旋同等的死喲！勝利的死喲！兼愛無私的死神！我感謝你喲！你把我敬愛無聲的馬克司威尼早早救了！
自由的戰士，馬克司威尼，你表示出我們人類意志底權威如此偉大！我感謝你呀！讚美你呀！「自由」從此不死了！
夜幕閉了後的月輪喲！何等光明呀！

——勝利的死。

×××

一切……革命底匪徒們呀！
萬歲！萬歲！萬歲！——匪徒頌。

女神雖然帶有浪漫色彩，然而到處充滿『生命的波光』，『新鮮的情調』，（女神一二九頁）到處表現了狂叫咆哮的燃燒着的熱烈反抗的精神！這是他創作力的所在。

至於三個叛逆的女性（聶嫈、王昭君、卓文君、）更是怎樣的在那裏曝露封建階級的醜淫，頑固，萬惡無恥！是怎樣的在那裡鼓舞新時代的女性起來反抗暴君，反抗家長，反抗封建的舊禮教和舊道德！聶嫈在『五卅』時代，在上海排演，博得大衆的同情。『無產階級和有產階級同是一樣的人，女子同男子也是一樣的人，一個社會制度或者一種道德的精神，是應該使各個人均能平等地發展他的個性，平等地各盡他的所能。……』（見寫在三個叛逆的女性的後面。）

像沫若先生這樣的思想，這樣的情緒，這樣的世界觀，顯露出牠的光芒於五四之後五卅之前，請問：這豈是以『伸頭縮屁股』爲其特性的小資產階級的意識嗎？不是，絕對的不是，在五四與五卅之間，要資產階級纔有，小資產階級還沒得！沫若，他在這一時代裡，是資產階級的文藝戰士，因爲他返映了資產階級的意識形態。這一時代的資產階級是革命的，他的文藝戰士當然也是革命的。

沫若先生回國後，現實把他一切的理想打得粉碎！經濟的苦悶，是他時時所感到的，他理想中的『詩人與夢』是作不成了，瓶代表了他經濟苦悶時代的戀詩：

姑娘呀！啊，姑娘，

你眞是慧心的姑娘！
你贈我的這枝梅花，這樣的暈紅呀，淸香！
——獻詩第十六首。

…………

我已成瘋狂的海洋，
她却是冷靜的月光：
她明明是在我的心中，
却高高掛在天上，
我不息地伸手抓拿，
却只是生出些悲哀的空響。——獻詩三十一首。

橄欖是經濟苦悶時代後期的作品。他憤慨他自己的生活，他說：『我們的生活眞是慘目！我簡直是牛馬，等於殘酷的被人使用了的不幸的牛馬。……我們是被幸福遺棄了的人。無涯的痛便是我們的賦與的世界，……我們簡直是連牛馬也還不如，連狗彘也還不如！同樣的不自由，牛馬狗彘還有悠然而遊，怡然而睡的時候，而我們是無論睡遊，無論晝夜，都是爲這深不可測的隱憂所激擊，是浮沉在悲愁的大海裏。……』概覽中有一部分是詩歌化的情趣，如山中雜記的一部分和行路難全篇，和路畔的薔薇六章。山中雜記裏的菩提樹下，三詩人之死，雞雛；行路難裏的飃流插曲，新生活日記，更是每個讀者能以舉出的。完全是牧歌生活的表現！我們抄選山茶花如下：

昨晚從山上回來，採了幾串莢實，幾枝蓓蕾着的山茶。

我把牠們投插在一個鐵壺裏面，掛在壁間。鮮紅的楂子和嫩黃的莢實襯着濃碧的茶枝——這是怎麼也不能描畫出的一種風味。黑色的鐵壺更和胎衣深厚的岩骨一樣了。今年剛從熟睡裏醒來時，小小的一室中漾着一種清香的不知名的花氣。這是從什麼地方吹來的喲？——原來鐵壺中插投着的山茶，竟開了四株白色的鮮花！

啊！清秋活在我壺裏了！

此外，在第一時期的作品，還有塔，落葉，星空等．塔中的小說如鵷鶵函谷關是借古事『用古舊的屍骸來表演新的生命』的，如同三個叛逆的女性一樣。落葉是通信式的叙寫，是描寫日本少女的繾綣之愛。星空表現了戀愛的浪漫色彩與自然的神秘可愛．如今津紀遊和月蝕，都是充分的表現了戀愛的浪漫色彩：

……此時對面又開出一隻渡船，船緣上坐着兩個女子……緊相依傍。她們看見我們的船擱淺，都偏過頭來，我的視線同他覿面相相値，啊！這眞是鄭交甫遇着江妃，盧梭遇着雅麗，恪拉芬里了！要是她們的船擱了淺的時侯，我定要跳下水去，就如像盧梭涉水至膝，替雅恪二姑娘牽馬渡溪的一樣，把她們的坐船推動起來。……我眞羨慕盧梭，他眞幸福，他替雅恪二姑娘牽馬渡溪之後，被二女殷勤招待，緊抱着她，他在雅姑娘手上親吻，雅姑娘也沒有發氣，呵！眞幸福的盧梭呀！……不要再空嚥饞涎了吧！……』——今津紀遊——

『……宇多姑娘……因爲太親密了的緣故，他們家裏人——宇多姑娘的母親和孀姐——總愛探問我同安娜的關係。那時我的女人才從東京來和我同住，被們盤詰不過了。只誘說兄妹……宇多姑娘的母親信以爲眞了，便常多人說：要把我的女人做媳婦，把宇多許給我。我的女人……讀書去了，宇多姑娘……便常常來替我煑飯或掃地……拿書到我家來，我們對坐在一個小桌上，我看我的，她看她的……我們在桌下相接觸的膝頭有一種溫暖的感覺交流着。結果兩人都用不了甚麼功，她的小妹妹又來了。只有一次禮拜，她一人悄悄地走到了我家裏來，剛立定脚。急忙躡手躡足地……又躡手躡足走了出來。她說……姐姐愛說閒話……』

——月蝕，——

〈星空〉中許多詩，都是讚美自然。自然好像是他的生命，無論是一山一水，一木一石，都足使他陶醉，我們翻開書的第一頁，便可看見：

美哉！美哉！
天體和我，不曾有今宵歡快；
美哉！美哉！
我今生有此一宵，人生誠可讚愛！
永恆無際的合抱喲！
惠愛無涯的目語喲！
太空中只有閃爍的星和我。……

——〈星空〉——

月在我頭上舒波，
海在我脚下喧豗。
我站在海上的危崖，
兒在我懷中睡了。——〈偶成〉——

× × ×

南風自海上吹來，
松林中斜標出幾株煙靄。
三五白帕蒙頭的青衣女人，
殷勤勤的在焚掃針骸。

……………

好幅雅典的畫圖。
引誘着我的步兒延佇，
令我回想到人類的幼年，
那恬淡無爲的泰古。——南風——

由以上幾首詩，我們看出了沫若自然表現的天才，浪漫詩人超人生的風趣。在這裏，我們有介紹他的詩論的必要。他那時的詩的見解是：詩的專職是抒情（三葉集四十六頁），主張要出於無心，自然流瀉（女神一九八頁），主張詩是我們心中的詩意詩境的純眞的表現。命泉中流出來的溪流，心琴上彈出來的調子，生的顫動，靈的叫喊（三葉集六頁）。這種見解的錯誤，到他序文藝論集的時候，他自己已經承認了，不過這却很能代表出他女神時代的詩人生活，我們在這裏不用多說了，看他自己的下面這段話：

『無情的生活一天一天地把我逼到十字街頭，像這樣幻美的追尋，異鄉的情趣，懷古的幽思，怕沒有再來顧我的機會了。阿，青春喲！我過往的浪漫時期喲！我在這兒和你告別了！……以後是炎炎的夏日當頭。』（塔的序，）

第四節　浪漫派作家郁達夫

郁達夫先生，浙江富陽縣人，日本東京帝國大學經濟科畢業。對于文藝，素感興趣，故除研究經濟之外，且專心於文藝之創作。處女作沉淪，曾轟動一時。一九二二年由日回國，爲創造社中堅份子，曾陸續發表創作於創造周報，創造季刊，很能博很當時青年們的歡迎與同情。

達夫先生的作品，反映了沒落的士紳階級的意識形態。他是這一階級最澈底最大胆的代言人。他的沉淪，悲觀，消極，墮落，頹廢，浪漫，都與郭沫若先生走了一個相反的極端，這究竟是什麼原因呢？我們看華漢先生是怎樣的分析：

『滿淸未亡以前，中國的士紳階級，在經濟上和政治上都是一個居於優越地位的階級，所謂士，便是當時那些秀才，舉人和翰林，那些所謂士大夫階級；所謂紳，便是那些地主，財主，和田主，那些所謂地主階級。士和紳有機的合攏來，便是當時的貴族地主階級。在帝國主義經濟侵略的過程中，這一士紳階級的上層受了帝國主義的御用變成了政治上的官僚買辦和經濟上的鉅商買辦，大多數的下層在商品經濟掃蕩農村的過程中，漸漸的陷於沒落的地位。辛亥革命成功喪失了他們政治上和法律上的特權，（開科取士的制度廢止）由這一階級出身的子弟，便想由新的路綫去取得一條做官發財的捷徑，於是乎讀洋書，說洋話，跑洋國，進洋學堂，企圖取得一個新的功名：洋秀才（據說是高小畢業生），洋舉人，或洋翰林，將來才容易陞官發財，發財陞官。不料帝國主義的毒爪更深深的抓碎了農村，歐戰期間，從前他們最小視的俗物，下流東西（工商業資本家）也漸漸的抬起頭來，把他們的經濟地位更摧毀到一個殘敗不堪的沒落地位，再來一個年年不斷的軍閥戰爭，這一廣大的階級層直走進了一個迅快的沒落的過程中，簡直沒有翻身之一日。

這一階級的前途，是那樣的暗淡，那樣的陰慘，於是他們只好幻滅，只好悲哀，只好憂鬱，只好怨憤，張開眼不敢想自己的前途；閉着眼不忍想自己的過去，在鄉村裏的，只好吃鴉片，嫖土娼，在城市裏的，（尤其是這一階級的智識份子）只有喝酒精，追女人，逛窰子，發牢騷，隔不多時又要來一次痛哭流涕。』——中國新文藝運動——

到了五四以後，這些士紳階級，簡直走上窮途了，他們的前途，格外晴淡陰慘，於是他們頹廢墮落，消極浪漫，達夫先生的文藝作品，赤裸裸的反映了他們這一階級的意識形態。我們現在把他的作品，分爲三個時期來考察：

一、性的苦悶時代（一九二一——一九二五）

二、經濟與政治苦悶時代（一九二五——一九二七）

三、新生命開展時代（一九二七——現在）

性的苦悶時代，他的作品，除了沉淪，還有南遷，銀灰色的死，胃病，風鈴，中途，懷鄉病者……幾篇。這些差不多完全是描寫青年們性的苦悶的，把青年因性的苦悶而產生的病態心理，變態動作，性的渴求，很大胆的完全表現出來。沉淪中描寫青年對異性的要求，到無法制止時就犯手淫病，『他犯了罪之後，每深自痛悔，切齒的說，下次總不再犯了，然而到了第二天的那個時候，種種幻想，又活潑潑的到他的眼前來……』（沉淪三二頁）旅舍裏窺浴，看見『一雙肥白的大腿，這全身的曲線』！使他面上如火燒。蘼草後聽着女子和男子『解衣帶的聲音，舌尖吮吸的聲音，』（沉淪四〇——五四）使他面色變灰了。他是個愛的要求異常熱烈的人，他迷戀着溫軟的肉體，異性的愛情，只要愛的要求達到目的，就是死他也願意，我們只看他說：

槁木的二十一歲！

死灰的二十一歲！

我眞還不如變了鑛物質的好，我大約沒有開花的日子了。

知識我也不要，名譽我也不要，我只要一個能安慰我體諒我的『心』。一幅自熱的心腸！從

這一幅心腸裏生出來的同情！從同情而來的愛情！

我所要求的就是愛情！

若有一個美人，能理解我的苦楚，她要我死，我也肯的。

若有一個婦人，無論她是美是醜，能眞心眞意的愛我，我也願意爲她死的。

我所要求的就是異性的愛情！

——沉淪——（十六到十七。）

我們再看他說：

『……我就在這裏死了罷。我所求的愛情，大約是求不到了。沒有愛情的生涯豈不同死灰一樣嗎？唉，這乾燥的生涯，這乾燥的生涯！世上的人又都在那裏仇視我，欺侮我，連我自家的親弟兄，自家的手足，都在那裏擠我出去到這世界外去。我將何以爲生，我又何必生存在

這多苦的世界呢！』——沉淪，七〇——七一頁。

爲了愛情求不到，便象一個沒落士紳的身世哀感，到了南遷就滴了兩顆大眼淚說着：『名譽，金錢，婦女，我如今有一點什麼？什麼也沒有，什麼也沒有，我只有我這一個將死的身體！』（南遷六七頁）然而畢竟他還沒有死，在未死以前的他，仍是迫切的需要異性的愛，於是他向Miss。進攻了。在銀灰色的死裏，也就不能不因着靜兒出嫁，使他憤慨，他因憤慨，而『更加痛飲起來，他心裏的悲愁的情調，正不知從那裏說起纔好，他一邊好像是已經對靜兒復了仇，一邊好像是在那裏哀悼自家的樣子』（十九頁）了，後來，在胃病中，他對於女性仍然不能忘懷，對來避風雨的少女，也就不能不生種種的壞心眼了（風鈴），中途篇裏，他更說明須磨大寺那裏有他同宿的少婦，在懷鄉病者裏面，他留戀咖啡館的侍女。……上面這些事實，都是青春時最容易犯的毛病，因着異性的愛得不到相當的解決，便產生了這種必然的普遍現象，達夫先生毫不隱晦的表現出來，因此人們都稱達夫是時代病的表現者。

達夫在日本時的生活，是沉緬於酒色的生活。當回國的時候，他振作起來了，可是他究竟脆弱得很，到底還是消沉下去。蔦蘿是他回國以後的作品，充滿了過去生活的懺悔苦調與遊子飄泊的哀傷：『唉唉！那兩年中間的我的生活！紅燈綠酒的沉緬，荒妄的邪遊，不義的淫樂，在秋風涼冷的月下，我也想念及你，我也曾痛哭過幾次。……魂靈喪失了的那一羣嫵媚的遊女，和她們的嬌豔動人的佯啼假笑，終究把我的天良迷住了。』（蔦蘿行五六頁）『已故的老祖母，倚閭的老母，你們的不肖的兒孫，現在正落魄了，在江干等回故里的船呀』！（還鄉後記六）『何以我會變成這樣的孤苦的呢？我前世犯了什麼罪來？』（還鄉後記七）他回國後的哀傷，孤苦，是為了吃飯問題，因着吃飯問題，他的生活周圍又加上一條堅固的鐵索，使他時時感到生活的緊迫，他說：『一踏了上海的岸，生計問題就逼緊到我的眼前來，縛在我周圍的運命的鐵鎖圈，就一天一天的紮緊起來了。』（蔦蘿行六頁），在這時，他拋棄了理想計劃，『東奔西跑，為飢餓所驅使，竟成了一個販賣知識的商人。』（雞肋集題辭二頁）後來他接着幾次的失業，常常因着飢寒交迫，跑到這裏，又跑到那裏，好像一隻覓食的燕子，飛來飛去，總是為着生計問題，眞是『少年遠遊無百里，一飢能使走天涯』啊！這樣的人生，是多麼的無聊，這樣的生活，又是何等的窮困！刻薄寡情的社會，他已看穿了，他曾『拖了沈重的脚，上黃浦江邊去了幾次，』（蔦蘿行九頁）在法國公園裏露宿中宵，（蔦蘿行十一頁）這種悲慘的際遇，達夫都飽嘗過了，我們只要看他的春風沉醉的晚上（二十頁）還鄉記，一封信等作品，就可知道他由性的苦悶已轉到社會苦悶與經濟苦悶的交流了！

社會畢竟是漆一般的黑暗，任你有怎樣的天才，任你有怎樣的技能，你總不能自由伸展，達夫說：『如今世上盲人多，明眼人少，他們祇有耳朵，沒有眼睛，看不出究竟誰清誰濁，只信名氣大的人是好的。』（采石磯二十二頁）這種淺薄，盲目，腐舊，壓迫天才的社會，把他欺壓得差不多成了一個白痴了。他想不出光明偉大的出路了，（給一位文學青年的公開狀）把人生的理想的燈也熄滅了。（還鄉記十四頁）他說：

『我的過去半生是一篇殘敗的歷史，回想起來，祇有眼淚與悲歎，幾年前頭，我還有一片享受這悲痛的餘情，還有些自欺自慰的夢想，到今朝非但享受這種苦中樂的心思沒有了，便是愚人的最後的一件武器——開了眼睛做夢——也被殘虐的命運奪去了。』

——風鈴——五十六頁．

經濟制度的罪惡，威權，社會的冷酷，盲目，把他磨折到脆弱了頹敗了，甚至『連咳嗽一聲，都怕被人家知道，就是路上叫洋車的時候，也聲氣放得很幽』（十一月十三頁五）後來他又由經濟與社會的苦悶，開展到政治的苦悶，『一九二六年底，還回上海，閑居了半年，看了些愈來愈險的軍閥的陰謀，嘗了些叛我而去的朋友和親戚的苦味。』（雞肋集題辭）『革命軍人和其他軍人，都是一樣的腐敗，一樣的罪毒！』（日記九種二四日）風鈴中也敘述了北方反動軍閥的罪狀，這種咒詛哀鳴。就是他對於沉淪到苦悶的表現。

一九二七以後，開展了他的新生命，他說：『我從前是……只顧退讓，不敢前進。現在，被我的手下的暗箭傷了幾處，倒反把我的勇氣鼓舞起來了。我覺得還一種鬼蜮，終有一天要死在太天後的照魔鏡下的。……所以我覺得走消極的路，是走不通了，我想一改從前的退避的計劃，走上前路去』（公開狀答日本山口君見洪水三十期。）他又說：『我們在這一個時代裏所需要的是烈風雷雨般的粗暴偉大，力量很足，感人很深的文學，就是躍動的有新生命的文學』。（鴨綠江上讀後感）他又在訴諸日本勞動階級文藝界，在方向轉變的途中，誰是我們的同伴者農民文藝的提倡，農民文藝的實質等文裏，表現了他的新生命與新見解。但他這種新生命與新見解，是動搖的，而且是暫時的，人家都說達夫先生的思想與行動，在一九二七以後轉變了，我實在不敢相信。我只相信『每一個清晨，他感覺到放浪的結果耗蝕了他的生命，決計要力自振作，可是每一個下午，我們又見他吃得醉薰薰地不是追逐着女人，就是沉緬在賭博，或者太無聊了，到野雞堂子裏去一宵，或是燕子窩裏抽幾盒鴉片。他是耽美，他在放浪裏追求快樂……』這些話到現在我們還可以拿來去批評他，誰要不以為然，便請看看他的十三夜死在寒風裏等篇。（達夫全集第六卷）我不是故意說達夫先生頹廢到底，而是因為到現在還看不到他行動和創作的不頹廢，我們應看到的還是他那傷感幻滅的舊調，除此而外，祇有人間世、自由談……發表過的幾篇無聊的文章了。

第五節　戀愛小說作家張資平

張資平先生，廣東梅縣人，日本帝國大學畢業，為地質學專家，因愛好文學，故曾與郭沫若、成仿吾、郁達夫諸先生，同努力於文藝運動。其創作多為戀愛小說，對於「五四」運動以後的青年，影響頗大，故特將其創作與思想述之於後。

張資平先生的作品，由一九二一到一九二八年，據錢杏邨先生的統計，共有三十六個短篇，關於戀愛的佔了十六篇，其餘二十篇，又可分為四類：(一)描寫智識份子經濟苦悶七篇，(二)以學生與教師為描寫對象的七篇，(三)具著抒情的色調以兒童為描寫對象的三篇，(四)以其他的題材為描寫對象的又三篇。他的長篇小說最博盛名的如飛絮、苔莉、最後的幸福，都是屬於純戀愛的。再就他的全創作的字數去看，在七十萬字之中，戀愛小說就佔去五十五萬字。十六個短篇戀愛小說之中，描寫三角關係的，有梅嶺之春、Curacao、聖誕節前夜、密約、雙曲線與漸曲線、愛之焦點、回歸綫上、不平衡的偶力、性的等分綫、約伯之淚、描寫兩個三角關係的有性的屈服者；描寫多角關係的有晒禾灘畔的月夜、公債委員；描寫一男一女相戀的有約檀河之水、她悵望着祖國之天野；還有一篇Worse—halves，是描寫兩性結婚後的衝突的幾對。由上面這個統計，我們決定張資平先生是一個戀愛小說作家，而且是一個善於描寫三角以上的兩性戀愛的作家

婦女解放的口號，隨着五四運動的高潮，也被人們喊出來了。封建社會的『三從四德』與『聖經賢傳』，被新潮流衝擊得根本起了動搖。自由戀愛的風氣，便應運而生。一般已成婚的青年男女，對於舊式婚姻不滿意，未結婚的，也反對『父母之命，媒妁之言，』而狂熱般的找求愛人；但是因爲他們剛從封建社會爬出來，所以仍帶有很濃厚的封建意識，男子把女子當作私產來强佔，女子的思想仍脫不了賢妻良母的老套。因之，五四以後的靑年，因着兩性間的種種關係，構成當時靑年的性的病態，張資平先生的小說，正反映了這個時代的精神與靑年的性的病態。錢杏邨先生說：

『資平的戀愛小說，完全是五四期間女子解放運動後，必然的要產生出來的創作。他的創作的內容完全是五四初期兩性解放運動的事件對於文學上的反映。因此，張資平先生的戀愛小說裏的人物，也完全是五四運動初期的人物。張資平先生的創作所能代表的時代也祇是這個時代……』（見張資年的戀愛小說）

張先生的小說，不曾描寫靈與肉的戀愛，而大都是肉慾的衝動。他筆下的男性對於女性的興味，差不多都是漂亮的選擇，女性沒有迷人的姿態與輪廓，便不會引起男性的愛念，一定要『桃色的雙頰，有曲線美的紅脣，富有彈力的乳房的輪廓，富有脂肪分的肉感，有耐人尋味的媚力，動人的姿態』，（不平衡的偶力）『勇氣糾糾的美和肌肉美』，『潤濕了的鮮紅的雙脣，富有彈性的高高的突起着的胸部。』（飛絮）『一接觸他的肉，他又陷於沉醉的狀態中了。』（苔莉）還有一點，就是『處女之寶』，在他的小說裏佔了主要的地位，不是男性怨女性沒有給他以『處女之寶，』就是女性對男性懺悔，沒有把『處女之寶』留給他。這雖是不關重要的地方，但可以證明張先生小說中的人物封建思想的十足了，我們拿幾個例來看看：

『我要求你給我的是你的處女之寶！你這身體是屬給我的了，我決不讓我以外的男人享有你的處女之寶！』——飛絮，

……………

『才把她摟抱到懷裏來和她狂熱的接吻，忽然的又恨起她來了，忙坐起來緊握着鐵拳亂搥她的背部和臀部。

——你恨我時就讓你搥吧，搥到你的憤恨平復。你祇不要棄了我，不理我。她流着淚緊緊地

貼靠着他的胸膛。

——恨你，眞恨你。他拼命的搥。搥了後又和他親吻。

——恨我什麼事？她流着淚問。

——恨你不是個處女了！

——……她聽見了這一句，臉色灰暗的凝視他。她像受了不少的驚恐，她像聽見他給她一個比死刑還要殘酷的一種宣告。

——你的處女美怎麼先給他奪去了呢？他再恨恨的騎在她身上亂搥她的臀部和痛捏她的腿。

——對不住你了！眞的對不住你了！要我做什麼事我都可以替你做！你的任何種的要求我都可以容納。祇有這一件是我無力挽個的。望你恕了我吧。……苔莉痛哭起來了。

——祇要你是個處女時，就拒絕我的要求，我也還是愛你的。他望着她的憔悴的姿態愈想加以蹂躪。」

——苔莉九二頁至九三頁——

張資平先生的小說，在技巧方面，是很能博得讀者的讚許，如苔莉，與最後的幸福，寫得更爲深刻。他對於兩性戀愛的心理，分解得無微不至，尤其對於青年女子在春情發動時代，性的進的要求和因性的想像而發生心理之變幻，最能引起讀者注意。有時他還注意到女性與男性發生關係後的生理變化，以及兩性變態的性的生活，性的聯想。……他好像是一個科學家，很能以精細的方法從各方面去考察，去描寫。

張資平的戀愛小說，五四以後的青年男女，差不多都很歡迎，由此，我們就可知他在文壇上的地位了。不過有許多讀者，批評他的作品太單調，『題材是千篇一律，方法是定型公式。』凡是讀過他的作品的人，一定都會感到這個批評是對的。

第五章　革命文學運動

第一節　革命文學的興起及其演進

「五四」以後，有兩大文學集團，活躍在國內文壇上：一爲文學研究會。一爲創造社。前者富於人道主義的色彩，所產生的多爲柔情美意的作品；後者富於誇大的頹廢的色彩，所產生的多爲感傷主義的作品·這兩大文學集團，除了郭沫若以外，很少有革命的熱情·一九二三年（民十二）前後，蔣光赤先生剛從俄國回來，大約是受了俄國新進作家的影響的原因，談起話來，總有絕大的抱負。他在當時曾發表過一篇無產階級革命與文化，鼓吹革命文學。他這種主張，當時確有許多青年給以不少的回響；但因中國的客觀環境尙未成熟，作家們大都沈湎在布爾喬亞的『藝術之宮』，『象牙之塔』，所以沒有較大的波瀾顯現出來。五卅以後，反帝反軍閥的空氣。瀰漫了全國，客觀的歷史條件，把資產階級的文藝戰士郭沫若，推動到馬克斯主義者的旗幟之下，他在創造月刊上發表了革命與文學那篇文章，影響很大，接着，成仿吾也跑出了『藝術之宮』，吼出他的革命文學與牠的永遠性，於是『革命文學』運動，便隨着中國革命的高潮一直開展到一九二七的大革命前夜。這巨大的運動中，蔣光赤算是手屈一指的主要人物，他是革命文學的始倡者，他是新時代文藝的先驅，他的第一部詩集新夢，驚醒了許多青年，他告訴我們，惟有『世界革命』，是我們的唯一出路。太平洋的惡象中寫道：

遠東被壓迫的人們起來吧，
我們拯救自己命運的悲哀。
快啊，快啊，………革命！

在莫斯科吟裏寫到：

十月革命，
那大砲一般，
轟蓼一聲，
嚇倒了野狼惡虎，
驚慌了牛鬼蛇神。
十月革命，
又如通天火柱一般，
後面燃燒着過去的殘物，

前面照耀着將來的新途徑。

光赤一面謳歌『世界革命』，一面也注意到帝國主義鐵蹄下的中國，他在中國勞動歌裡寫到：

起來罷，中國勞苦的同胞呀；
我們受帝國主義的壓迫到了極度
倘若我們再不起來反抗，
我們將永遠墮於黑暗的深窟。
　打倒帝國主義的壓迫，
　恢復中華民族的自主；
　這是我們自身的事情，
　快啊，快啊，快動手！
起來罷，中國勞苦的同胞呀！
我們受軍閥的蹂躪到了極度，
倘使我們再不想法自救，

我們將永成爲被宰割的魚肉。
推翻貪暴兇殘的軍閥，
解放勞苦同胞的鎖扣；
這是我們自身的事情，
快啊，快啊，快動手！

起來罷，中國勞苦的同胞呀！
我們嘗足了痛苦，做够了牛馬；
倘若我們再不奪回自由，
我們將永遠蒙着卑賤的羞辱。
　我們高舉鮮豔的紅旗，
　努力向那社會革命走；
　這是我們自由的事情，
　快啊，快啊，快動手！

打倒帝國主義，反對軍閥混戰，完成社會革命 在他的新夢裡，完全怒吼出來了，其他如哀中國，少年漂泊者、鴨綠江上、短褲黨、麗莎的哀怨、衝出雲圍的月亮……都暴露了舊社會的罪惡與帝國主義面目的猙獰。

創造社轉變後，洪水半月刊與創造月刊是他們的代表刊物，當時他們有了新的覺悟，很努力的提倡革命文學，洪水是一九二五年九月十六日出版，內容不僅限於文學，關於一切政治，經濟，社會的論文，都一齊登載，因此洪水的力量，異常廣大。社中新加入的潘漢年，周全平，葉靈鳳等，算是一批生力軍，於是他們的聲勢自然浩大起來。一九二六年四月創造月刊創刊號出版，同時還增加了穆木天王獨清兩個投稿人，他們的聲勢，越發大起來，可惜不久他們內部起了糾紛，於是第二期的創造社，就因糾紛而斷送了壽命。現在我們再看他們轉變後的態度及其文學理論，第一我們先看郭沫若的革命與文學：

『……第三階級抬頭之後，以個人主義自由主義爲核心的資本主義漸漸猖獗起來，使社會上新生出一個被壓迫的階級，便是第四階級的無產者。在歐洲的今日，已經達到第四階級與第三階級的鬥爭時代了。浪漫主義的文學早已成爲反革命的文學，一時的自然主義雖是反對浪漫主義而起的文學，但在精神上仍未脫盡個人主義與自由主義的色彩。自然主義之末流與象徵主義神秘主義唯美主義等浪漫派之後裔均祇是過渡時代的文藝，她們對於階級鬥爭的意義，尚未十分覺醒，祇在遊移於兩端而未確定方向。而在歐洲今日的新興文藝，在精神上是澈底表同情於無產階級的社會主義的文藝，在形式上是澈底反對浪漫主義的寫實主義的文藝。這種文藝，在我們現代要算是最新最進步的革命文學了。』

由上面這段話，我們可以看出他是怎樣的澈底承認革命文學，同時他又是怎樣的反對浪漫主義的文學。像這樣堅決的主張，我們還可以在他的藝術家與革命家、文藝家的覺悟等論文中看得出來。其次黃藥眠在非個人主義的文學裡也大聲疾呼的說：

『民衆心裡的熱情，民衆的勇敢的力量，民衆的偉大的犧牲的精神如果表現出來時，一定可以洗去從前個人主義文學的頹廢的，傷感的，怯懦的，歎息的缺陷，而另外造出一剛强的，悲壯的，樸素的文學來。這種文學是充滿着人們的精神的：牠不特要攻擊現代的社會制度，而且還要努力指出我們應走的方向……』

又成仿吾在他的革命文學與牠的永遠性一文裡說：『……假使我們以這種眞摯的人性爲文學的內容，則文學具有審美的形式的時候，他必有永遠性。所以關於文學一般的永遠性，我們可以得一個簡明的公式：

（眞摯的人性）＋（審美的形式）＝（永遠的文學）

關於一般的文學旣然如此，則關於革命文學的永遠性，我們也可以得一個簡明的公式：

（眞摯的人性）＋（審美的形式）＋（熱情）＝（永遠的革命文學）

遍觀自古流傳下來的一般文學作品，我們可以決定他們所以能留存至今，所以有永遠性的原因，在於有眞摯的人性與審美的形式。而歷來的革命文學，我們也可以決定他們所以至今是革命的，所以能是永遠的革命文學的原因，在於多有這熱情可以依然激蕩我們的心境。」

總之，他們以爲文學是革命的前驅，文學和革命是互爲因果的。他們所謂『革命文學』的精神，是社會本位主義；它的立脚點，是『普羅列塔利亞』（即無產階級）；它的哲學上的根據，是辯証法的唯物論；它的目的，是在揭破支配階級的罪惡；它的格言，是『一切藝術都是宣傳』；它的態度，是積極的，是富於反抗性的；它的內容，是充滿着熱誠的；它的產生，是中國的社會發展的必然結果；不過理論是理論，他們能否做到他們所主張的，實爲一大問題，我們祇看到他們的作品，仍是身邊瑣事的描寫，並且太部份是坐在洋樓上想像出來的，現在我們把創造社轉變後的缺點，臚述於後：

一、個人主義英雄主義的色彩濃厚，

二、認創造之人爲非常之人；認革命之人，更爲非常之人，

三、沒有懺悔自己的過去，

四、與『太陽社』互罵，爭文學領導權，

五、一味的攻擊魯迅，

六、他們的題材（尤其是詩）是空想的，

七、郭沫若的一隻手，是中國舊小說團圓之夢，太幼稚了。

一九二七以後，『光赤領導了一班不滿意於創造社幷魯迅的青年，另樹了一幟，組成了「太陽社」的團體，在和創造社與魯迅爭鬥理論。』（郁達夫光慈的晚年）錢杏邨、楊邨人、洪靈菲、戴平萬、沈端先、葉靈鳳等都同他站在一條戰綫上，努力創作新寫實主義的作品，他們有新鮮的作風，沒有文學的拘泥形式。他們的代表刊物是太陽月刊（一九二八春野書店印行），新流月報（一九二九現代書局印行），拓荒者（一九三〇現代書局印行）等，他們的文學理論是：

（一）新寫實主義的介紹：

（1）社會的觀點——一切事件，都不能離開社會，

（2）階級的觀點——要站在被壓迫階級反對壓迫階級，

(3)作品的主題——作品應以無產階級的意識爲出發點，

(4)描寫的對象——不僅以戰鬥的無產階級爲作品的對象，要以大多數無產階級爲對象，同時要以與無產階級有關係的資本家爲對象，(參考到新寫實主義之路林伯脩譯。)

(二)蔣光慈的理論：

(1)要以被壓迫民衆爲出發點，

(2)要有反抗舊勢力的精神，

(3)排除個人主義的文學，

(4)要看清社會指出青年之路。

(三)文學批評家錢杏邨的理論：

(1)阿Q時代已經死去——錢做了一篇死去了的阿Q時代，反對魯迅的理論。魯迅主要的意思是反封建社會，錢杏邨以爲中國已經到了資本主義的社會，因此他說：『魯迅的阿Q正傳已失了時代性。』不過我們平心論之，他這種批評確實犯了最大的錯誤，因爲中國是個混雜的社會，固然都市資本主義化，但鄉村的阿Q

時代實在莫有死去。（參看讀書雜誌二卷一期錢杏邨理論之清算。）

（2）『革命文學必定是宣傳煽動』，這種論調，也很淺薄，我們以為沒有文學技巧，不算是文學。

第二節　對於革命文學的非難者

在這一節裏，我要大概的記述出革命文學的非難者，為了清晰起見，我把他們分做兩派：一為嘲笑革命文學者的幼稚而不根本反對革命文學派；一為根本反對革命文學派。前者以魯迅和茅盾為代表，後者以梁實秋和民族主義的文藝作家為代表。

未轉變以前的魯迅（五四——五卅）其作品裏充滿了反抗的呼聲與無情的剝露。他反抗一切的壓迫，剝露一切的虛偽；我們這古老祖國的國瘡，他拿着刀一遍一遍地剜剔，有時他還喊着『歲月已非，毒瘡依舊』的憤慨。他對於革命與革命文學，不曾根本的攻擊過，正如畫室先生所說：『……無論如何，我們找不出空隙，可以斷定魯迅是詆毀過革命的。』又說：『我們在魯迅的言行裏，完全找不出詆毀整個的革命的痕跡來，他至多嘲笑了革命文學的運動。（他也並沒有嘲笑革命文學的本身，）……』他譏刺了從事革命文學者見解的庸俗，掛招牌，超時代，他說：

『超時代其實就是逃避，倘自己沒有正視現實的勇氣，又要掛革命的招牌，便自覺地必然地要走入那一條路的。身在現世，怎麼離去？這是和說自己用手提着耳朵，就可以離開地球者一樣地欺人。社會停滯着，文藝決不能獨自飛躍，若在這停滯的社會裏居然滋長了，那倒是爲這社會所容，已經離開革命，其結果，不過多賣幾本刊物，或在大商店的刊物上掙得揭載稿子的機會罷了。』（語絲十六。）

他譏刺革命文藝運動產生時期的不當：

『……於是什麼革命文學，民衆文學，同情文學，飛騰文學都出來了，偉大光明的名稱的期刊也出來了，來指導靑年的：這是——可惜得很，但也不要緊——第三先驅。』（語絲四卷七期。）

他認爲當時的革命文學，是一種幼稚病，在醉眼的朦朧裏他說：

『……連產生不止一年的刊物，也顯出拚命的掙扎和突變來……仍如舊日無聊的文人，文人的無聊一模一樣。』（語絲四卷十一期。）

這所謂不止一年的刊物，當然是指的是當時正在轉換方向的創造月刊，他在醉眼的朦朧裏又說道：

『然而各種刊物，無論措辭怎樣不同，都有一個共同之點：有點朦朧。這朦朧的發詳地，由我看來，也還在那有人愛，也有人憎的官僚和軍閥。和他們已有瓜葛，或想有瓜葛的，筆下便往往笑迷迷，向當道表示和氣，然而有遠見，夢中又害怕鐵錘和鐮刀，因此也不敢恭維現在的主子，於是在這裏留一點朦朧。和他們瓜葛已斷，或並無瓜葛，走向大衆去的，本可以毫無顧忌的說話了，但筆下即使雄糾糾，對大衆顯英雄，會忘却了他們的指揮刀的才子是究覺不多的，這裏也就留着一點朦朧。於是想要朦朧而終於透漏色彩的，想顯色彩而終於不免朦朧的，便都在同地同時出現。』（語絲四卷十一期。）

他還說道：

『那些革命文學家，大抵是今年發生的，有一大串。雖然還在互相標榜，或互相排斥，我也分不清是「革命已經成功」的文學家呢？還是「革命尚未成功」的文學家？』（語絲十七期五二頁。）

魯迅對於革命文學的諷刺，是不勝枚舉，我們現在總括起來說一句話，魯迅譏諷了從事革命文學者的『超時代』與『誇大』、而沒有反對整個『革命文學』的本身。

茅盾先生是站在小資產階級的立場，暴露了小資產階級的知識份子在革命時代的幻滅，動搖追求愛的憧憬，解剖了不健全的革命人物的心理變幻。他對於革命文學的態度，自然也是站在小資產階級的立場上去非難，他在從牯嶺到東京那篇文裡，曾這樣的宣言過：

『我以爲現在的新作品，在題材方面，太顧不到小資產階級了，你做一篇小說爲勞苦羣衆的工農訴苦，那就不問如何．大家齊聲稱你是革命的作家，假如你爲小資產階級訴苦，便幾乎罪同反革命。這是一種很不和理的事！現在的小資產階級沒有痛苦麼？他們不被壓迫嗎？如果他們確是痛苦、被壓迫，爲什麼革命文藝者要將他視同化外之民，不肯汚你的神聖的筆尖嗎？或者有人要說革命文藝也描寫小資產階級青年的痛苦；但是我要反問：曾有什麼作品描寫小商人中小農，破落的書香人家……所受到的苦痛麼？沒有呢，絕對的沒有！』

茅盾先生主張「小資產階級是文藝的主要材料」，這個是顯然站在小資產階級立場上說話，我們可以把他的小資產階級的文藝建設論引在下面：

『爲追逐革命文藝的前途計，第一要務在使它從青年學生中間走出來，走入小資產階級羣衆中，在小資產階級羣衆中植立了脚跟。而要達到此點，應該先把題材轉移到小商人，中小農等等的生活。……』

他以爲文藝的技巧，至少須先辦到以下幾個消極的條件，

一、不要歐化的句法，

二、不要用太多的新名辭，

三、不應有象徵的色彩，

四、不要從正面說教似的宣傳新思想。

他根據事實上的觀察，以爲革命文藝很難能以被壓迫的勞苦羣衆作爲讀者對象，他說：『什麼是革命文藝的讀者對象？或許有人要說：被壓迫的勞苦羣衆。是的，我很願意我很希望被壓迫的勞苦羣衆能夠做革命文藝的讀者對象，但是事上怎樣？請恕我又要說不中聽的話了。事實上是你對勞苦羣衆呼籲說：「這是爲你們而作」的作品，勞苦羣衆並不能讀，不但不能讀。即使你朗誦給他們聽，他們還是不了解。……』眞的，那些歐化的白話文，就是我們這些知識階級，讀了也莫名其妙呢，遑論一般文盲。

其次，他不滿意『標語口號式』的文學，他覺得所謂革命文學的新作品，字裡行間，盡是手槍炸彈，簡直完全忘記了文學的本質，而把文學完全送給『革命』兩個字。他說：

『我們的「新作品」，即使不是有意的走入了「標語口號文學」的絕路，至少也是無意的撞

上去了。有革命熱情而忽略於文藝的本質，或把文藝也視爲宣傳工具——狹義的，——或雖無此忽略與成見而缺乏了文藝素養的人們，是會不知不覺走上了這條路的。』然而我們的革命文藝批評家似乎始終不會預防到這一著。』（見從牯嶺到東京。）

……………

梁實秋先生是「新月社」的一位會員，對於西洋文學，有相當的研究，一九二三年（民十二年）在清華畢業後即赴美留學，回國後，曾任東南大學、暨南大學、青島大學、北京大學的英文教授，他在文壇上是屬於改良主義一派，而被激烈的份子稱爲資產階級的代表。他做了一篇文學與革命，極力反對革命文學，其要點爲：

一、「革命文學」之名不能成立，

二、反對左翼作家所謂文學的階級性。

他說文學作品的產生，與階級沒有關係，其產生完全是天才的流露，並不受經濟的限制。他這種主張，直到現在，還沒有改變，並且還很鄭重的說：『我主張文學應走隱健的路，不要追逐時髦，附隨潮流。我曾經攻擊過浪漫主義，而且發表過一篇現代中國浪漫文學的趨勢，澈底反對浪漫主義的文學。』（苪嶺學人訪問記。）他還說：

『沒有黨派的文學家，並不是拿文學當玩藝兒，但是也不像普羅文學家同民族文學家那樣的另有作用：所以有人說，這是第三種人。我想將來的文學理論，一定會拋開這些立場，不拿他當做政治運動的工具。』（見學人訪問記。）

梁氏這種見解，仍保持了他資產階級代表的本色。我們可以說他是藝術至上主義者，他打坐在藝術之宮，始終不肯棄掉士大夫的派頭，聽說他最近正在寫一本美在文學中的地位呢。

……………………………

當左翼作家聯盟在上海成立的時候，另有一部分人發表了中國民族文藝運動宣言，（一九三〇年六月）於是我們這混亂的中國文壇裡，又揷出一個『民族文藝運動』的旗幟來，其理論綜合起來，不外以下幾點：

一、民族是『人種集團，自然發展的產物』，其形成決定於：

（1）客觀條件——歷史的文化的，體質的，心理的共同點。

（2）主觀條件——民族意識。

二、文藝本來是民族的，因爲：

（1）文學原始形態必基於民族意識——如希臘之伊里亞特、日耳曼的尼貝龍根、英吉利的皮華爾夫、法蘭西的羅蘭歌、我國的詩經國風。

（2）民族國家產生民族文藝，民族主義文藝又促進民族的確立。

（3）法蘭西民族意識發生塞尙奈的自我表現和線的形式注重→立體主義→野獸主義——純粹主義。意大利民族——未來主義。俄羅斯民族——原始主義。德意志民族——表現主義。

（4）巨哥斯拉夫的民族藝術創造巨哥斯拉夫的民族國家。

三、民族藝術運動之使命，

文藝上民族意識的形成，促進民族向上發展的意識，排除阻碍民族進展的思想，表現民族奮鬥歷史，表現民族實際生活，表現民族地方色彩。（以上見民族主義文藝論。）

他們除指出中國文壇的危機外，在消極方面，要排除幾種妨碍民族進展的思想：

一、排除灌輸階級意識爲目的的普羅文藝運動；

二、排除封建思想；

三、頹廢思想；

四、出世思想。（以上見民族主義文藝論集，民族文藝運動的使命。）

像這樣的文藝運動，實在不值得我們一評，我們在這裡只說一句話：他們的理論大都是淺薄的觀念論。其次我們再看民族主義文學家及其作品。

其代表作家爲黃震遐、朱應鵬、徐蔚南、孫俍工、傅彥長、李贊華、侯曜等等。他們的代表刋物是前鋒、文藝月刋，可惜我們的作家都是混稿費主義，所以他們的刋物到底沒有在文壇上放出異彩來。（假如可能的話。）我們再看他們的作品，第一先舉出黃震遐黃人之血的缺點來：

（1）出氣主義——他很憤氣的說：日本的文化低，而且還是從我中國偸去的，現在竟侵略了我們的東四省。像這種幼稚病十足的文章，不特不能表現民族的反抗性，且十足的表現了阿Q的色彩，危險！

（2.）獸性主義——如『殺盡倭奴，踏平三島，』這是更淺薄而幼稚的話，這是很偏狹的國家主義的思想簡直是「狗」之「屁」，玷辱了『文藝』兩個字。

他還有一篇大上海的毀滅，（一九三二）其文很長，錯誤處是個人主義的英雄主義，不是寫實主義的寫法。其次是萬國安的國門之戰，裏面更充滿了十足的阿Q同志的理想。他如孫俍工之理想之光、侯曜的韓光弟之死等，則更卑卑不足道矣。

兩年以來，在政治上另外現出一個局面來，那些功利派的民族主義文藝作家，（恕我暫且這樣稱呼。）竟藉着政治上的優勢，陸續的喊出了些空空理論，（因爲我沒有看見他們的好貨色。）在最近的華北月刊三卷一號裡有下面這幾句話：

『近數年來文學上，民族文學與普羅文學形成對立的形勢。文藝論戰打得驚天動地；直至一九三四年，普羅雜誌絡續停刊，左翼作家日趨轉向，大衆文學陷於沒落；……文壇上雖有普羅文學的死灰，第三種人文學之存在。但是，民族主義文學已站在支配的地位，具有主導的作用了。這個潮勢，越來越澎湃强化。』

由此看來，文壇上將僅存民族主義文學一家了，過去的混亂狀態，將在民族主義文學的旗幟之下，實行統一了，這實在是一件尙可慶幸的事，然而我要在慶幸之餘，對於民族主義文學的提倡者，有幾點要求：

（一）應拿出貨色來，不要單作論調上的空喊；

（二）不應「文化勦匪」，因爲「文化」根本不是武事；

（三）擴大文學題材，不要限於岳飛式的故事；

（四）「民族性」的描寫，應超過愛國精神的描寫。

嗚呼！今日之民族主義的文學作品！

第六章　左翼作家聯盟以後的中國文壇

第一節　左翼作家聯盟及其主張

在一九二七到一九三〇的中國文壇，顯露出各派的互相謾罵。最顯著的是『創造社』派決心地反對個人文學，他們對於他們所認爲個人主義的文學作家魯迅和『語絲派』的一班人，一味的埋頭攻擊，大概除了錢杏邨先生的死去了的阿Q時代外，恐怕盡是主觀的謾罵。在『語絲派』方面，也有一大堆理論，他們對『創造社派』的謾罵，奚落，也不甘示弱地冷嘲熱刺，他們把文壇簡直弄得成了右手執筆，左手握拳的現象，結果呢？作家把精神都耗費在論戰上面，對於創作沒有甚麼新的貢獻。

一九三〇年春，有些作家覺悟了，他們以爲若不及早聯合起來自己的陣線，向着建設的大道走去，則中國新寫實主義的文學是沒有發達的希望的。於是在上海灘上的左翼作家，便提議先成立一個左翼作家聯盟籌備會，籌備會是在二月十六日開第一次會議，過了兩星期，中國左翼作家聯盟便正式成立了，日期是一九三〇年三月二日。參加的作家有魯迅、郁達夫、田漢、錢杏邨、沈端先、馮乃超、蔣光慈、彭康、丁玲、胡也頻、洪琛等。他們的代表刊物如下：

（一）萌芽月刊——創辦者爲馮雪峯、魯迅等，前後只出了五期，後改名爲新地，出了一期便停刊。

(二)拓荒者——創刊於一九三〇年春，由蔣光慈，主編，撰稿人有馮乃超、錢杏邨、華漢、葉靈鳳、殷夫、洪靈菲、龔冰廬等，現代書局印行。出至一卷五期即被禁而停刊。

(三)北斗——係純文學月刊，由丁玲主編，創刊於一九三一年九月二十日，內容很充實，撰稿人有姚蓬子、冰心、茅盾、白薇、葉聖陶、鄭振鐸、巴金、陳衡哲等，由上海湖風書局出版，後來亦被禁刊。

(四)大衆文藝——創刊於一九二九年，由郁達夫主編，出至二卷六期，(一九三〇年六月一日)被迫停刊。該刊物由現代書局印行，月出一冊。

(五)現代小說——創刊於一九二八年一月，葉靈鳳主編，為提倡新文學的主要刊物，現代出版，一九三〇年三月被迫停刊，出至三卷六期。

(六)文學月報——創刊於一九三二年六月，為當時最有力量的一種文學雜誌。主編者為周起應，撰稿人有蓬子、茅盾、魯迅、郁達夫、田漢、洪琛、丁玲、沈端先等。光華書局出版，

他們的刊物，還有世界文化，新文藝講座等等。在下面我們再看左翼作家的主張，他們反對統治階級，其中心理論可由他們的宣言中看出：

(1)文藝是解放鬥爭的武器，文藝家是人類的導師，人類的預言者，應該負起鬥爭的責任，

『在一個大時代裡，文學家不應該作旁觀者。』

(2)建設新文藝的理論：

a.指出文藝運動的正確方向和發展；

b.要常常提出新的問題來；

c.嚴格的自我批判；

d.要介紹世界各國無產階級的文藝理論。

(3)要參加世界無產階級的運動。

（見萌芽第四期。）

自左翼作家聯盟成立之後，普羅文學的空氣，瀰漫全國，我們的當局者，那肯讓他們的陣線擴大，因此不時的給他們以最大壓迫。李偉森、胡也頻、趙柔石、白莽、馮鏗等之被害，創造社被查封，丁玲被逮捕，刊物被迫停刊，弄得浩浩蕩蕩的普羅文藝，便遭受了偌大的打擊；然而事實告訴我們，普羅文學仍沒有停頓絕跡，在一九三二年，他們仍繼續着在暗中活躍，並且因為當局的壓迫，他們的團體愈加堅固了，他們的意識越發明確了。在文藝新聞，北斗被迫停刊之後，

北方又出現了許多普羅文藝刊物，如北方文藝、信號、開拓半月刊、開拓新聞、尖銳、尖銳新聞、新興文學、戲劇新聞等。南方也出現了榴花詩刊、文藝新地、文學月報、藝術導報等，直到現在我們相信普羅文學仍在潛伏的活躍前進，終沒有卸缺了它的歷史使命。

第二節　「大衆文藝」問題的討論

文藝大衆化的問題，左翼作家郭沫若、馮乃超、魯迅、沈端先、鄭伯奇等，都發表過他們的意見，並且還開過幾次座談會，很詳細地討論過這個問題。郭沫若在他的新興大衆文藝的認識一文裡曾喊着道：

『大衆文藝！你要認清你的大衆是無產大衆，是全中國的工農大衆，是全世界的工農大衆！你要向着這個大衆飛躍，你須要認清楚：你不是飛上天，你是飛下凡！你是要飛下凡來叫地上的孫悟空上天空去打金箍棒！……所以大衆文藝的標語應該是無產文藝的通俗化。通俗到不成文藝都可以，你不要丟開大衆，你不要丟開無產大衆。始始終終要把「大衆」兩個字刻在你的頭上。』

鄭伯奇在關於文學大衆化的問題裡也說：

『大衆文學應該是大衆能享受的文字，同時也應該大衆能創造的文學。所以大衆化的問題的核心是怎樣使大衆能整個地獲得他們自己的文學。」

他們以爲藝術的根底，應該深深地埋在勞苦羣衆裡面，非使大衆理解不可，非使大衆愛好不可。藝術應該和他們的感情，思想，意志，結合，而使他們昂揚起來。我們概括一點說，左翼作家對於文藝大衆化討論的結果，不外乎以下各點

(甲)問題的癥結——革命文學的大衆化：

(乙)用甚麼話寫——大衆所愛好的是平易，是眞實，是簡單明瞭。智識分子所耽溺的眩奇的表現和複雜的樣式是他們所不能領略的。因此一班大衆文藝的理論家，極力反對五四時代的白話文。他們覺得五四以後的白話文，用的新名詞與歐化的句子太多，並且加雜了些文言的成分，越發使他們不滿意了。他們主張大衆化的文學，是要說得出、聽得懂，寫得出，最好用大工廠裡勞苦工人的普通話，因爲這些普通話裡面，有科學名詞，有新的辭句，也有各地方的方言，這樣的話，才算是大衆話。

(丙)寫什麼東西：

(1)形式——主張以大鼓，小調，說書的形式去寫，用舊小說的筆調，去創作短篇小說，他們反對新小說的結構。

(2)內容——揭穿一切假面具，表現革命戰鬥的英雄。

(3)題材：

a.以最短的臨時事變，同新聞一樣地報告給大衆；

b.利用舊的題材；

c.寫革命演義；

d.改譯國際革命文學；

e.露佈帝國主義壓迫弱小民族的史實。

(丁)，反對一切歐化文藝，要創造革命的大衆文藝。

我們平心而論，大衆文藝的實行，確實是一件困難的事，因爲在我們這個國度裡，認識方塊字的人，壓根兒就莫有幾個，那些大多數的阿Q同胞，不客氣地說，還是連字都認識不到幾個。就是能識字的中間，找尋能看三國，水滸這樣舊小說的又是很少很少，魯迅先生說：

『……倘若此刻就要全部大衆化，只是空談，大多數人不識字；目下通行的白話文，也非大家能懂的文章，言語又不統一，若用方言，許多字是寫不出的，卽使用別字代出，也只爲一處地方人所懂，閱讀的範圍反而收小了。』

（見魯迅文藝的大衆化。）

總之：在大衆文藝的創作上，我們證明大衆文學家的理論是失敗了，因爲他們的創作，與理論並不符合。

第三節 「第三種人」問題的論辯

一九三二年，胡秋原先生提出文藝的自由問題，他做了藝術非至下，勿侵略文藝兩篇文章，遂引起左藝作家的反對。後來蘇汶先生在現代一卷三期發表了一篇「關於文新與胡秋原的文藝論辯」，於是引起急烈的論辯，當時參加的除蘇胡外，有譚四海、洛揚、易嘉、舒月、周起應、劉微塵、陳雪凡、魯迅、何丹仁等。他們意見紛紜，歷時一載，真是「悻悻之氣，溢於言表，切齒之聲，情見乎詞。」他們爭辯的焦點，大概是下面幾個問題：

一、文藝能否離開政治而自由？

二、文藝與階級問題，

三、第三種文學和絕對中立問題，

四、藝術價值問題，

胡秋原先生以爲「藝術雖然不是至上，然而決不是至下的東西。將藝術墮落到一種政治的留聲機，那是藝術的叛徒。藝術家雖然不是神聖，然而也決不是叭兒狗。以不三不四的理論，來强姦文學，是對於藝術尊嚴不可恕的冒瀆。』他說：『我並不想站在政治立場贊否民族文藝與普羅文藝，因爲我是一個於政治外行的人。……誰能以最適當的形式，表現最生動的題材，較最能深入事象，最能認識現實把握時代精神的核心者，就是最優秀的作家。而這，倒不一定在堂皇的名色。』他覺得一個文學家，要在創作時必須遵守金科玉律的教條，那比吃屎喝尿還難得多，因此他極端的要求文藝的自由。

當然，在普羅文學理論家，對於胡秋原這種主張是不會同意的，他們認爲『一切藝術都是宣傳』，『文藝到處是政治的留聲機，』此乃天經地義，不容詰辯的道理。不過在蘇汶胡秋原兩個看來，文藝是可以離開政治而自由的，並且爲了保全文藝對人生那永久的，絕對的任務起見，它當然要離開政治而自由的。至於說文藝都是宣傳與煽動，那更是他們所反對的了。蘇汶先生說：『在智識階級的自由人和不自由的，有黨派的階級爭着文壇的霸權的時候，最吃苦的，卻是這兩種人之外的第三種人。這第三種人便是所謂作者之羣。』他以爲作者是多少帶點死抱住文學不肯放手的氣味的，因此，他覺得文藝當具有絕對的自由，而至少在作者寫作時的主觀上，可以超乎階級的利害觀念，所以他主張『第三種文學』或中立文學。凡是忠於藝術，死抱住文藝不肯放手的人，在他看來，都可以成為第三種人，而走向第三種文學的路，他說：

『最初，在根本還沒有什麽階級文學的觀念打到作者腦筋裏去的時候，作者還在夢想文學是個純潔的處女。但不久，有人告訴他說，她不但不是一個處女，甚至是一個人盡可夫的賣淫婦，她可以今天賣給資產階級，明天又賣給無產階級。這個，作者在剛聽到的時候似乎就有點意外了；不過據說是事實，於是也就沒有方法否認。既而，因為文學這賣淫婦似乎還長得不錯，於是資產階級想佔有她，無產階級也想佔有她。於是文學便祇能打算從良。從良以後呢？作者便「從此蕭郎是路人。」』（見關於文新與胡秋原的文藝論辯。）

然而在有些普羅文藝理論家，卻大不以為然，他們認為文藝不是贊助被壓迫階級便是贊助壓迫階級，不是革命便是反革命，中間不容有第三種人的。他們說道：

『第三種文學，如果像蘇汶先生現在所表現似的傾向，乃是要超階級鬥爭的，超政治的文學，更具體的明白的說。要在地主資產階級反革命文學和普羅革命之間或之外存在超革命也超反革命的文學，那麽這種文學實際上也早已不是真的中立的，真的第三種文學。因為這樣的文學及其理論，實際上，客觀上，往往仍舊幫助着地主資產階級的。……所以，問題並不在於我們拒絕中立，而是在於牠在客觀上並非中立，在於這樣的第三種文學，以及做這樣的第三種人，並非蘇汶先生的作家們（『作者之羣』）的出路。但是，第三種文學，如果是「反對舊時代，反對舊社會」，雖不是取着無產階級的立場，但決非反革命的文學，那麼，這種文學也早已對於革命有利，早已並非中立，不必立着第三種文學的名稱了，而這才是目前放在一般作家們（作者之羣』）的面前的正當的路。』（見何丹仁關於『第三種文學』的傾向與理論。）

周起應也說：

『蘇汶先生故意把文學和革命機械的對立起來。好像文學和革命是勢不兩立的。好像為革命就不能為文學，為文學就不能為革命。這樣，左翼文壇不革命則已，要革命就不能再要文學了！』（見到底是誰不要眞理，不要文學？）

周起應還引了共產主義大元帥列寧的一段話：

『資產階級個人主義者諸君！我們得告訴你們，你們所講的甚麼絕對的自由，簡直是騙人的話。在建築於金錢勢力之上的社會裏，在勞動大衆非常地貧困而少數富人做着寄生虫的社會裏，不會有眞正的實在的「自由」』。

普羅文學理論家錨準槍頭，向蘇汶圍勦起來，把喊着『至少在作者寫作時的主觀上，可以超乎階級的利害觀念』的蘇先生，是然也說道：『在天羅地網的階級社會裡，誰也擺脫不了階級的牢籠，這是當然的……』『文學是有階級性的。這個，當然我也承認。』他還說道：『單單用理論來限制人，有些時候倒也還可以使人心服；然而他們事實上是還用了其牠的種種手段。』所謂種種手段，第一，他以為左翼作家是借革命來壓服人，處處擺出一副『朕即革命』的架子來；第二，他說左翼作家是有意曲解別人的話；第三，是因曲解別人而起的詭辯和武斷。這是他的憤憤之辭。

兩方面正在打得你死我活的當兒，魯迅先生做了一篇論『第三種人』，說了句「你不對；你也不對」，並且勸告作者們，如果有筆的話，大可不必擱起來，於是雄糾糾地兩方面，才腦着臉兒暫時收兵回營了。

最後，我們用蘇汶先生一九三二年的文藝論辯之清算作個簡單的本節結束：

一、文藝創作自由的原則是一般地被承認了；

二、左翼方面的狹窄的排斥異己的觀念是被糾正了；

三、武器文學的理論是被修正到更正確的方面了。

自然，蘇汶先生這些話，總有幾分自我的偏袒。其次，我覺得在這裡有說一個故事的必要。

從前有一個商人，一個秀才，一個富翁，和一個乞丐，同在一座廟裏避雪。因爲無聊，聯句吧，題目不必說，當然是「雪」了。這首詩如下：

大雪紛紛墮地，（商人）

都是皇家瑞氣，（秀才）

再落三年何妨；（富翁）

叫化子聽到「再落三年何妨」，便生了氣；他忘記了詩題，破口大罵道：

放你娘的狗屁！

這次文藝自由論辯，同破廟裏聯句一樣，各人說各人的話，因此，在結果方面，當然不會有大衆都同意的結論。

第四節　『大衆語』問題的論戰

『大衆語』這個問題，在一九三四年的中國文壇上，總算是『舊話重提』了。這一次論戰的參加者，不下九十餘人。文章篇數從五月四日發難到十月止，將近百一十篇左右。這些文章大概都收在下面三本集子上：

一、語文論戰的現階級（文逸編．天馬書店版。）

二、文言、白話、大衆語論戰集（任重編，民衆讀書出版社。）

三、大衆語文論戰（宣浩平編，啓智書局。）

關於清算這次論戰的文章，也很有幾篇，茲就見到的寫在下面：

一、開快車的一個備忘錄（耳耶）；

二、語文論戰總清算（葉青）；

三、關於白話文與文言文底論爭的意見（黃賓）；

四、語文論戰底現階級；（文逸）；

五、語文問題底總清算（胡懷琛）；

六、大衆語運動概觀（鄉汀）

一九三四年（民二十三）五月四日，汪懋祖先生在南京時代公論一一〇號上發表了一篇禁習文言與强令讀經，於是這篇文章作了語文論戰的導火線，一直擴展到整個的文壇上。起初是吳研因先生先出馬的，他做了一篇駁禁習文言與强令讀經的文章，板起面孔把汪先生挖苦了一頓。汪先生那肯干休，又繼續發表中小學文言運動一文，吳先生因爲對方還咬死嘴，再做了一篇讀汪文「中小學文言運動」後的聲明。他們兩個反覆爭論，遂引起語文論戰的暴發。

六月十八日由陳子展先生底文言—白話—大衆語的發表，這個論戰又進展到大衆語運動論戰的階段，成績還算好，關於問題的本身，後來已進到了「怎樣建設」和建設中諸問題的檢討了。像這樣翻天覆地的事情，我們當然有評述的必要，第一，我們先看文言復活的社會背景。

五四運動以後，新興資產階級，笑嚶嚶地向封建勢力妥協，於是在語言運動上，不特形成白話文的停滯，而且形成白話文向文言文的妥協，「文言復活」的種子，就在這裡種下了。一九二七以後，政治上的封建現象，越發顯得清楚，一般資產階級的學者，垂耳夾尾，都跑向復古的道路上去，他們上奏摺，請求「焚書坑儒」，「罷除百家」什麽「讀經尊孔」「逃禪佞佛；」什麽這樣，什麽那樣，什麽叭兒狗，什麽王八旦，弄得烏煙瘴氣，盡是堯、舜、禹、湯、文武、周公、孔子、孟子、以至×××之道。你想，在這樣的境況裡，文言那能不復活？朱瑞鈞先生說：

『文言本身並沒有什麽魔力，牠是和尊孔、讀經、迷信、念佛、畫符在一個陣營中出發，受一個指揮進軍的。』（見建立大衆語運動的態度。）

所以關於文言復活，我們不應該把牠當作一個單獨的問題去看，而應該當作讀經，尊孔、逃禪，佞佛等主張的一環去看的。我們在上面說明白了文言復活的社會背景，應該進一步再分析文言復活派的理由：

一、社會的　　文言『為……社會應用所需』；

二、政治的　　文言有救國作用；

三、道德的　　文言足以養成高尚精神；

四、文學的　　文言有最高的文學價值；

五、歷史的　　文言使人研究國故恢復本國文化。

他們以為白話文有以下幾個缺點：

一、助長叛亂，汪懋祖說：『吾國所謂現代語體文，乃新文化之產品而其運動之意義，在於發揮個人主義，毀滅禮教，打倒威權，暗示鬥爭，今則變本加厲，徒求感情之奔放，無復理智之制馭，青年浸淫日永，則必有更新奇之作品，方得讀之而快。若禮義廉恥、忠孝仁愛之說，彼等且視若土苴，不足以發興趣而解煩悶。孟子洪水猛獸之說，觀於今彌益信。』(見禁習文言與强令讀經。)

二、使人墮落，『青年因長久誦習語體，……而耽好所謂時代作品，……其結果則習為浪漫，為纖巧刻薄，馴至甘墮於所謂流浪的生活。』(仝前)

三、艱深難懂，『近來文字，往往以歐化為時髦，佶屈不可理解。』『所謂文藝作品，去通

俗甚遠。』（仝前）

四、煩冗費力，

五、沒有用處。

上面這一大堆理由，沒有一個可以站得住。本來是不駁已倒，不值得一駁的理由，而吳研因葉青諸位先生却費神批駁一番，眞是閒得多事呢：

接着，我們討論大衆語派的整個主張。

葉青先生說：『反對文言的人很多，佔這次語文論戰底百分之九十而强。但是單純主張白話的頂少，大多數都主張大衆語。同時，反對大衆語的却沒有。所以可說這次論戰不是文言與白話之爭，而是文言與大衆語之爭。』到了文言派匿跡以後，大衆語方面，爲着大衆語建設中的幾個問題，自家人又爭論起來，其爭論之點不外乎以下幾個問題：

一、大衆語的本質是甚麼；

二、大衆語建設中的幾個問題

a. 對白話文的態度問題

b. 大衆語的符號問題

c. 標準語和方言的問題。

大衆語是具有什麼性質的一種語言呢？陳子展先生以為『大衆說得出，聽得懂，看得明白的語言文字』，叫作大衆語。陳望道先生說：『只提出說，聽，看三樣來做標準………是不够的，寫也一定要顧到。』他以為『要不違背大衆說得出，聽得懂，寫得順手，看得明白的條件，才能說是大衆語。』以外，還有幾位先生的意見，任白戈先生把它們綜合起來說：『牠（大衆語）雖然是隨着文言，白話之後產生的一種語言，但牠是必然超過文言和白話的一種較高級的語言。……文言是貴族階級的語言，白話是市民社會的語言，這是在「五四」時代的「文學革命」當中分割得很清楚的。那末現在所謂大衆語，自然是市民社會以下的成千成萬的大衆底語言了。這種語言，必然是為大衆所有，為大衆所需，為大衆所用。卽是說，這種語言，必然是拿來為大衆服務而且很適宜為大衆服務的，如果再換一句話反轉來說，那末大衆語就是一種拿來傳達大家底思想與情感而且很適宜於傳達大衆底思想與情感的語言。更具體的說：就是一種使大衆寫得出，看得懂，讀得出，聽得懂的語言。』（見大衆語的建設問題。）

關於白話同大衆語兩者的關係問題，他們都有意見。少數人以為大衆語與白話文並不衝突，然而在多數人則以為：

一、白話已經文言化了；

二、『白話只是智識份子一個階層的東西』；

三、白話是官僚買辦底變相八股或語錄體。

『大衆語是適合大衆需要的唯一的語文，白話文的任何程度的糾正或改善都是不濟事的。因爲白話文底缺陷已經不是部分的糾正所能解決，…………否則無需提起「建設大衆語」，只要「白話文大衆化」已經够了。』（見文逸語文論戰的限階級。）

話雖這樣說，然而我總覺得大衆語派這種意見是無謂的爭辯。因爲在文化程度較低的中國，你就是用大衆語寫出能看得明白，聽得懂，讀得懂的語文來，也不一定大家都能聽得懂，看得懂，讀得懂。我總覺得凡用筆寫出來的文與大衆口裡說出來的話總不能完全符合，所以我以爲問題在乎義務教育的實施，不在乎標新立異的空談，況且談大衆語的人，畢竟是知識階級，還有些簡直是官僚買辦階級。他們是不經實際考察的空想家，對這些先生們，我只希望他們不要再寫八股式的白話文同語錄體罷了。

下面，我們再評述他們對於大衆語符號問題的爭辯：

大衆語的符號問題，有種種意見，有主張簡體字的，有主張注音符號的，有主張拉丁化的，有主張羅馬字母的，言人人殊，各有理由，還有主張雙管齊下的，也有主張分期進行的，確實，這個問題，是三十多年來許多學者討論得很起勁的問題，然而到現在我們還是用方塊字，有些改良主義的先生們還提倡簡體字，俗體字，然而總還跑不出方塊字的圈子。至於國語羅馬字，我實在不敢贊同，因爲要弄清楚它，就須得嚴格地區別四聲，我把它學了一年多（也許是不聰明的緣故吧！）還沒有得到相當的成績，我感覺到的困難，就是同音字無法分別，既如此，我仍覺得它不便利，不能當作『大衆語文』的工具，黎錦熙先生說：

『國語羅馬字是「大衆語文」的新工具；在中國「大衆語文」工具演進的程途上，將來是必實現這個新階級的。』（見師大月刊建設的大衆語文學。）

黎先生並且主張分期去實行，將來一定會實現的．不過這種主張，我很對它的「實現」發生懷疑，我覺得「拉丁化中文」（創製者是旅俄華僑文化突擊隊領導下的遠東邊疆拉丁化委員會）容易實行些，唐納先生說：

『國語羅馬字是學者的精製品，……却只配陳列到圖書齋裏，放在珂羅版影印四庫全書一起去，智識分子學會牠，至少也得二年工夫，最大多數的文盲大衆只好「望洋興嘆！」……但是在蘇聯的華僑却創製了一種新文字——拉丁化中文。牠不像「注音字母」「國語羅馬字」

這樣依附於「國語」的，……牠只要二八〇——四〇〇個鐘頭就可以學會。』現在再將「拉丁化中文」同「國語羅馬字」的特點比較如下：

拉丁化中文的特點：

一、字母不多（二十八個），易記，够用。

二、拚法簡明正確，以口語複雜為基礎，不承認中國語為單綴音語。

三、書寫簡單容易，全部寫法則不過二十條。

四、能記錄各地口頭語。

國語羅馬字的特點是：

一、以國語統一為目前的口號，是不合社會發展，超時代的空想。

二、拚音仍舊以方塊字作基礎。

三、保留四聲，拚法困難，

四、以北平方言為標準，不能精確地記各地方言。總之，我們今後的口號，應當是『打倒方塊字，採用拉丁化中文。』

其次，我們再評述標準語和方言的問題：

葉籟士先生說：『中國最大多數的文盲大衆，至今還用着各別的士話，所以我們當前的急務，就是首先要給最大多數的各地文盲大衆一種簡明容易的各別「土話文學」。』耳耶先生也說：廣大的大衆說的還是土話，懂得最深的也還是土話，如果把土話否定了，就是斷絕了充實普通話。使普通話成爲大衆話的一種根源，只有提倡土話，掘發土話中的實藏，才容易提高大衆底文化水準，才容易養成大衆的寫作，才容易使普通話更豐富，也就容易建立起大衆話來。對於土話的態度，應該跟對文學遺產的態度一樣；批評地接受，合理地揚棄。』他們又說：『多元的大衆語決不能使大衆分裂，同樣，統一的語言也決不能使利益相反的人連合。同一鄉村內操着同一方言的農民和地主，到底無法使他們精誠合作，同文同種的英美，也總用盡心機要使對方吃虧。要使大衆靠語言統一的話，語言龐雜的蘇聯，不能成爲今日這般的鞏固。』

以北平語作爲大衆語的標準語，這種辦法我很贊同，因爲人事日進，交通遂繁，大家的生活相關很密，因此往返自多，若要沒有標準的大衆語，那豈不是一種很顯明的困難嗎？現在「世界語」不是很流行嗎？我相信它會有極速地發展的，因爲這是人類社會生活進展中必然的結果，所謂「多元的大衆語」，實在是『老死不相往來』時代的土語，絕不能做人事複雜，交通頻繁的今日的『大衆語。』

——完——

史地傳記類　PC0204

中國新文學運動述評

主　　編 / 謝　泳、蔡登山

數位重製・印刷 / 秀威資訊科技股份有限公司
http://www.showwe.com.tw
114台北市內湖區瑞光路76巷65號1樓
電話：+886-2-2796-3638
傳真：+886-2-2796-1377
劃撥帳號 / 19563868　戶名：秀威資訊科技股份有限公司
讀者服務信箱：service@showwe.com.tw
網路訂購 / 秀威網路書店：https://store.showwe.tw
網路訂購：order@showwe.com.tw

2012年3月
精裝印製工本費：1000元

Printed in Taiwan

國家圖書館出版品預行編目

中國新文學運動述評 / 謝泳、蔡登山編. -- 一版. -- 臺北
市 : 秀威資訊科技, 2012. 03
面； 公分. -- (史地傳記類 ; PC0204)
BOD版
ISBN 978-986-221-914-0(精裝)

1. 五四新文學運動 2. 中國當代文學

820.9082 101000360

讀者回函卡

感謝您購買本書，為提升服務品質，請填妥以下資料，將讀者回函卡直接寄回或傳真本公司，收到您的寶貴意見後，我們會收藏記錄及檢討，謝謝！

如您需要了解本公司最新出版書目、購書優惠或企劃活動，歡迎您上網查詢或下載相關資料：http:// www.showwe.com.tw

您購買的書名：________________________________

出生日期：________年________月________日

學歷：□高中（含）以下　□大專　□研究所（含）以上

職業：□製造業　□金融業　□資訊業　□軍警　□傳播業　□自由業

□服務業　□公務員　□教職　□學生　□家管　□其它______

購書地點：□網路書店　□實體書店　□書展　□郵購　□贈閱　□其他

您從何得知本書的消息？

□網路書店　□實體書店　□網路搜尋　□電子報　□書訊　□雜誌

□傳播媒體　□親友推薦　□網站推薦　□部落格　□其他__________

您對本書的評價：（請填代號　1.非常滿意　2.滿意　3.尚可　4.再改進）

封面設計____　版面編排____　內容____　文／譯筆____　價格____

讀完書後您覺得：

□很有收穫　□有收穫　□收穫不多　□沒收穫

對我們的建議：________________________________

____

____

____

請貼
郵票

11466
台北市內湖區瑞光路 76 巷 65 號 1 樓

秀威資訊科技股份有限公司　　收

BOD 數位出版事業部

（請沿線對折寄回，謝謝！）

姓　　名：＿＿＿＿＿＿＿＿　年齡：＿＿＿＿　性別：□女　□男

郵遞區號：□□□□□

地　　址：＿＿＿＿＿＿＿＿＿＿＿＿＿＿＿＿

聯絡電話：(日)＿＿＿＿＿＿＿＿＿(夜)＿＿＿＿＿＿＿＿＿

E-mail：＿＿＿＿＿＿＿＿＿＿＿＿＿＿＿＿